深淵

PASCAL
QUIGNARD
collection

パスカル・キニャール・コレクション

深淵〈最後の王国3〉

村中由美子 訳

水声社

責任編集
小川美登里
桑田光平
博多かおる

目次

1（ジャン・ド・ラ・フォンテーヌ）

男は、不幸ゆえ沈黙しているのではなかった。彼にとっては、沈黙、影、倦怠、虚無が、そのなかにおのずと探し求められる喜びに結びついていた。きわめて頻繁に、裸でいる感覚がこの沈黙に混じり合った。その感覚は、薄暗がりのなかで単に待つこと〔作者によれば、母の子宮のなかにいることを指す〕ともはや区別がつかない。そして幸福。さらに、読書によって、そこにもうひとつの声、いっそう変わった声、歌よりももっと奇妙な声、共鳴を完全に欠いた状態で魂を宿した声が加わる。読者とは、人間の声という湖よりも、もっと古い湖のほとりにいる動物のようだ。

饗宴においては、好意と親切にあふれる男だった。饗宴に続く楽しみにおいては、彼はより控えめになり、離れた場所に座り、腹から下をほとんどあらわにすることなく、みだらなことに心をかき立てられていたが、実際に加わっていたわけではなかった。

男は、あらゆる騒々しさを嫌っていた。

災難が恐怖を抱かせた。

おしゃべりの過ぎる女や男たちから成る、あらゆる群れを避けた。

ラテン語をたいそう好んでおり、昔の言語で書かれた古い著作家たちの作品の大半を愛好していたのだが、それらは騎士たちやシャンパーニュ伯の時代のフランスで書かれたものだった。彼は、読んだことがあるようなものや、彼の呼吸のリズムのなかで読書の自由を拘束するようなものをなにひとつ書かなかった。

男は書いた。少しも彷徨《さまよ》わないということは、わたしの力を超えている。

男は書いたことがある。おのれの欲望を統御するのは困難だ。

そうして書かれた寓話のなかで――それは、相思相愛の二羽の鳩に関するもので〔ラ・フォンテーヌ『寓話』第九巻〕、非常に不器用に愛し合ったこの鳩たちは、官能よりも愛情を好み、影のなかでおのれを見つめる無意味な幸せよりも、諸国見聞や仲間との交流に興味を持っていた――、語りが終わる瞬間、ひとつの名状しがたい歌が沸き起こる。その歌はすでに言われたすべてのことによって起こり、前進し続け、留まっていられない波のようである。

この歌はもはや何も語るべきものを持たず、がらんどうになって非常に単純であるがゆえ、その影響を免れ、その歌が伝える想念について深く考えるためには、努力をしなくてはならない。その想念とは、キリスト教にはそぐわず、きわめて原初的で性的なもの、その歌が向かわせる死に関するものである。

そのとき、波が、自然のなかで繰り返し打ちつける波のように、湿ってくすんだ砂浜の果てをつくり出す。そこに波の動きが舞い戻る。

そこでは、なにも輝いていない。

しかし、あちらの、いっそう暗い波跡に、きらめくものが、あるいは、恐ろしくもあり静かな地で、少なくとも息づくなにかがある。

よく響く詩句の美しさが、そこで消滅してゆく音の世界を、ひそやかに照らし出す。

その美しさはそこに、独特で鈍い光を反映させる。

蒼白く光る金泥。

つらい時期の黎明。

場違いな光。

もはや夜を喚起するのか、昼を喚起するのか、わからないような輝き。

*

日ごとの日照のあとに続く夜よりもくすんでいるような水に浸された跡。

夜明け前にわれわれがとどまっていたときの水のよう。

わたしはひとつの顔を思い起こそうと努める――一六四〇年に書き始めた、ある男の面差しを――あるいはむしろ、流れる水のなかに映っているような世界について、わたしは話している。ゆがんでいないというわけではないが、浮かんでいるようなひとつの世界。

二つの水のあいだの世界、太陽の白みがかった反射と共に。

われわれは浜辺の近くで自分の姿を映しているのだろうか？

われわれが見ているのは自分ではない
それは影《イマージュ》でしかない
その影は絶えず戻ってくるのだ。

人間の仕事を分割する時間というものを描く詩句、その分割とは、人間を瞬間から追い出す持続を分割するものであり、恍惚とさせるような詩句が持つ動物的な力強さから人間を引き離すものなのだが、(「不都合なのは一年のなかで日々がもつれ合うということである……」)、その詩句は、一六七八年にさかのぼる試し刷りの校正として見出される。

ジャン・ド・ラ・フォンテーヌ〔フランスの詩人(一六二一—一六九五)。イソップの寓話などを元に韻文で書いた『寓話集』が有名〕は、そう書き留めた厚紙をページのあいだに挟み込んだ。

わたしは昔の国立図書館の特別保存書籍のなかにあるこれらの校正刷りを閲覧しに行ったものだ——この図書館は、前世紀にはパリの二区、リシュリュー通りに位置していた。

われわれはもはや、陰気だが騒々しいこの匂いのなかに、公園に面した、色あせたこの部屋のなかに、一息つきにゆくことも読書をしにゆくこともないだろう。

当時、この場所で、次の語句を含む初版刷りが保管されていた。「ある日々が混ざり合う……」

何にも値しないささいな詩句——あるいは少なくとも、これほど思いがけない巧みさの思い出として、わたしが言えること以上には価値がない、ささいな詩句。

＊

世界の果てにわたしの好きな場所があり、子ども時代の最初の一八カ月のあいだ、わたしはそこで育った〔作者によれば、母の胎内で過ごした九カ月と、ことばを発するまでの九カ月を合わせた期間を指す〕。蔦で覆われた壁と、胡桃の木々と、桑の木々と、イトン川の堀の前で。あまりにも水が澄んでいるので、水に映る影のない世界の場所。地球上で知ったと思われる、この場所、あるいはこのような小川がどこにあるのか、わたしにはもうわからない。それはおそらく、地球上、わたしの母のなか、母の見えない性器の奥、そこに潜んでいた影のなかにあった。それは、おそらくただ単にひとつの場所であり、取るに足らない場所、最小の場所であり、わたしが往古《いにしえ》と呼ぶものである。クラウディウス皇帝は、彼の游泳場、カプリの岩の上で、エウリピデス〔古代アテナイの悲劇詩人（紀元前四八〇—紀元前四〇六）〕の悲劇から引用したギリシア語の一節を繰り返していたと言われている。

「人間の帝国など存在せぬ」、と彼は朗唱した。「わたしの頭上には、海鳥しか見えぬ」

アサーニャ大統領〔スペインの政治家、スペイン第二共和政首相および最後の大統領（一八八〇—一九四〇）〕は、アンドーレで死の床にあった際、その顔を近親者たちに向けてつぶやいた。

「この国はなんという名前だっただろうか？　この国が存在していたことはご存知かな？　わたしが大統領であったこの国を？　もはや思い出せないが……」

2（コードを引き抜かれた電話）

電話が鳴った。わたしは身をかがめる。台座につながっているコードと、扉とソファーのあいだにあるコンセントに目をやる。わたしは立ち上がり、扉に近づき、しゃがみ込むとコンセントを引き抜いた。

電話の音はぴたりと止んだ。

わたしは満足して、揉み手をしながら床に座った。

「ねえ……。ここはあなたの家ではないのだけど！」彼女はわたしに言った。

わたしは考えた。そして言った。

「そうだね」

「わたしの電話を勝手に切るなんて、どうしてできるの？」

「音がうるさくて」

彼女は煙草を吹かしており、半円筒形に丸めた両手で煙草を持っていた。

彼女の指の、白く細い節のあいだに見分けられる日々のなかに、煙が過ぎ去ってゆくのをわたしは見ていた。

3 （時間の磁極の上で）

地球の回転軸は極圏を突き抜けている。太陽光線はそこに斜めに差し込む。受け取られる熱の量は、放射が極の表面に到達する角度に比例する。子どもだった頃のわたしは暖房器のそばで、優しい気持ちで暖をとっていた。

ゴダン〔一八四〇年創業のフランスのメーカー。ストーブや調理器具を製造している〕のストーブ、

街灯、

電気のコンセント、

小型ランプ。

時折、波止場に沿って移動してゆく二度のにわか雨のあいだに短い晴れ間があり、閘門の黒っぽいたまり水を照らしていた。

植物帯の連続と動物相は山々の側面に続く。

それらの動植物は、傾斜の角度にしたがって山腹を彩ってゆく。

動植物は、斜面の方角に沿って前進する。

そんな風に、もっとも高度のある森林は暗い影のなかにまで登ってゆく。

＊

電気魚のなかには、五五〇ボルトもの電力を発することができるものもいる。沈黙のなかでそれらの魚たちを取り囲む電界が、まなざしの祖先である。

＊

物質は、宇宙の真ん中で爆発しても、融解して静まる。彗星か惑星。反復と破壊はほとんど対立しない。

そして、生命界では、誕生と老化はばらばらになる。

そして、人間界では、青年期と老いは極のごとく照応しているように見える。しかし、その源では、交接と苦悶が同じ行為をかたちづくっている。それらの同一な喘ぎによって、その行為は裏切られている。

わたしが時間の源として想定するこれら二つの源は、通時的には相反していない。

火山でさえ、噴出しなくてはならないのだ。

時間の領域において、死と性はヤヌス神の同じ顔の二つの面であり、ヤヌス神は若返るために人間の都市に赴くが、人は彼を一月と呼ぶ。

死と冬が、洗い流し成長を妨げるものを、ますます輝かしく、ますますおびただしいやり方で、分娩と春が新しくする。

ヨンヌ川〔セーヌ川の支流。パリの南東に位置するヨンヌ県の名の由来になっている〕に続く引き船道で、花がたくさん咲くようにと願いながら、枯れた花々と花を支える小枝をわたしは摘む。

花は蓄積され、繁殖し、広がり、ぱっくりと口を開け、色付く。

昔の日本の思想家たちは、時が流れるにつれて、死者の総数が増すにつれて、命ある民が増大するにつれて、持続というものが資本化され、それが豊かになるにつれて、開花する春はますます新しく、我々を取り巻く新しさはますます濃密なものとなると考えていた。

*

欲望は、人がおのれから抜け出すことを可能にする。欲望はここなる場所から抜け出させる。欲望は、性を有する身体の「同一性」(*idem*) から抜け出させる。

時の二つの断片は突如として極化し、関係を恍惚《エクスターズ》=脱自の高みへと引き上げる。二つの場合において極性は強まり、軸をつくるまでに至る。この軸と緊張が、方向性をつくる。欲望は、相互性が突然生まれたことによって緊張し、時の壁を壊す(時間は不可逆的なものなので、みずからが突然変異を起こすと崩壊するからだ)。

おのおのの極は、このように奇妙に増大する。

それが性的な、共に行く(*co-ire*) ということだ。

ire とはラテン語で、行くということを意味する。愛するとは、瞬間が相互に彷徨することである。

瞬間を共にするということ。

瞬間を、驚嘆しつつ共にするということ。噴き出す瞬間、降りかかる瞬間。恋人たちはささやく。恋人たちは、二人の身体が完全に溶け合うほどにしっかりと指を絡め合わせる。

言語とは、話者が交替可能であるような場所である。そこでは、違いが放棄され、性的な分極が放棄される。言語とは、分極が解消する領域であり、そこで性は忘れられ、人間は互いに入れ替わる。言語を通して絶えず入れ替わるわたしは性を有していない〔フランス語では「わたし」je と「きみ」tu は中性である。すなわち男性でも女性でもない〕。

そして欲望がよみがえる。時がよみがえる。春がよみがえる。別離がよみがえる。違いがよみがえる。

*

あらゆる古代社会では、時間の流れ、天体の運行、動物の動き、自然の推移、性の流れを、社会的な利益に適うように磁化する責任があると信じられていた。過去の流れを方向転換するということは、政治経済学だったのである。初期の都市に備わっていた史料編纂は、それしかしていなかった。粘着力があり、不可思議で、偽りで、残酷なほどに遡及力のあるレトリックは、最初の時、春、豊饒、誕生を人質に取った。それらを戻ってこさせるために。

その源において、歴史は時の上訴人であった。

*

「土に還る」という表現の特異な印象が、誕生の最初（*princeps*）の経験を更新するというのはまず確かなことであるし、それによって、生者は他の者のために世界を去る。

時の源におけるあらたな拡張は、ことばからやって来る――ことばは所与を引き裂き、そこにおいて区別されるものすべて、すなわち失われたもの、望ましいもの、欠けているもの、餓えているものとしてことばが惑わすすべてのものを、単語ごとに対立させる。

最後のずれというものは結局、ことばがもたらす結果なのである。個々の死が、人間の経験のなかに導入するのがことばなのである。(言うなれば、固有名詞を出発点に自分自身として同一視されている個人というものがいない以上、個人の死というものは存在しないから、名付けるという行為が存在するのであり、固有名詞というものは、名付けられた他のアイデンティティから個人を対立させている。)

黒い太陽が光に加わる。その世界の消失を越えては、魂のなかでもはや名付けられない世界。小さな深淵。

4　ソの音のように（*Ut sol*）

オウィディウス〔帝政ローマ時代最初期の詩人（紀元前四三—紀元後一八頃）。官能的で優雅な叙情詩「愛の技術」や神話に材をとった物語詩「メタモルフォセス」が有名〕は女性の快楽を描写した。*Adspicies oculos tremulo fulgore micantes ut sol a liquida saepe refulget aqua.* オルガスムスに達する女性の両目は、慄きつつ輝く。その目の煌めきは、澄み切った水に反射した太陽の光にちょうど到達したときの輝きである。

この鈍く、液体的な光の上に、突如として嘆きが生じる。

そしてさざめきが。

そしてうめき声が。

恍惚とした喜びのヴィジョンは、「澄んだ水」（*liquida aqua*）の表面に映る反射として現れる。

目に見えない微小な雷、その反射は逸楽を受け容れる女性たちの視界のなかで細かく震える。

オウィディウスの瞑想はスピノザ〔オランダの哲学者（一六三二—一六七七）〕のそれに近い。スピノザにとって、性的快楽とは直接的な喜びではなく——より広大な喜びの反映である。存在論的で、火山のように激しい喜びの反映。存在であることから、存在することへと至る喜び。ソの音のように（*Ut sol*）、溢れ出る太陽の光のようだ、と音楽家たちは考える。輝く太陽に値する喜び。自然な喜びではあるが、動物的なセクシュアリティを自然が発明するよりも前にさかのぼる喜び、往古の喜び。大地が汲み尽くし、生命が汲み尽くした太陽の喜び。わたしたちはその反射でしかないような、溢れんばかりの喜び。わたしたちより前から存在している、水の深みの下で震えている輝きの反映。底知れず、遠く、古く、脆く、けっして言語的ではなく、無言の反映。

5　（マルト）

突然、わたしの呼吸が止まる。後ろで、だれかがマルトについて話していたのだ。わたしは気丈にも、振り向かないでいることができた。釘付けになったままで。他の場所にいるようなふりをして、狂人のように、わたしの背後で話されていることに耳を傾け始めた。かつて愛した男や女の問題になるやいなや、ことばにはなにかしらの恐怖感が残る。そこにおいて、耳は突如として鋭敏さを獲得する。注意の向け方がふたたび動物的になる。身体じゅうが緊張する。声そのものは身体の奥で立ち上がり、子どもの部分を取り戻す。

自分の策略を制御するのは難しい。

ひとつの文の切れ目で、当たり障りのない問いかけでありながら、愛した男あるいは女がどうなったかを非常に心配するような質問を巧みにしようとする。過去のすべてを裏切ってしまうことになるのだが。

声が小さくなる。

息がそこでたえだえになる。

ある種の緩慢さが表現を捉える。そうしてより精密な正確さを持って言及されるのだが、そのためあたかも魅力の名残が、失われた親密さに、断たれた関係にいつまでも残り、関係の断絶や愛した人の死去以降に経過する何カ月、何年もの時間を存在しないかのようにしてしまう。

魅力を感じており、動物的であり、裸で、親密で、独占欲の強い地帯に言葉《パロール》が触れる、その地帯は、すでに流れた時間、決定的に失われてしまった時間であるにも関わらず、わたしたちの奥で手を触れられていないままである。

聞かれようとする言葉によって呼び覚まされるこの空隙、この深淵というのは、病的な好奇心である。

永遠に病的。

永遠に病的、なぜならこの好奇心は、自発的に、抗いがたく、全身全霊をもって現れたのと等しく、徹底的に傷めつけられもしたのだから。

死ぬほどにひどく病的、なぜなら、好奇心はおのれの恐れ、幻影、窮迫、恥辱に至るまでのすべてを与えてしまったのだから。

*

このようにして、とある国、あらゆる方向に開かれた情熱の荒れ地は、厚かましくも自分の後ろに、広大に、かすかな音を立てながら広がっている。たとえ耳が塞がっているふりをしていても。

それは故意のものではない意識の集中である。

実のところ、あきらめた肉体に対して残る嫉妬を黙らせることは、なにものにもできない。

薄明のなかで山査子《サンザシ》の茂みを進む、彷徨える騎士が抱くこの注意、それに伴っている並外れた冷静さを減少するものはなにもない。

それは、消しがたいものが発する警告である。わたしは『ヴュルテンベルクのサロン』のなかでマルトについて話した。一九七七年に、わたしは彼女を愛したのだった。

6 （ヴュルテンベルクの景色）

ヴュルテンベルクの景色は、またも素晴らしかった。雪はもう降っていなかった。空は白かった。白い峰々、白い木々。

7　季節と文章

最初の兆候に続き、遠景と形象《フイギユール》が一緒に出現する。

そして、それらはふたつの極のように対立する。

活発な捕食において、獲物に飛びかかる肉食目の跳躍において――おのれを極に投影するあらゆる存在の投影において――、背景と見事な肉体とは突如として解き放たれ、肉体は動き、背景からひときわ目立つ。

狩猟とは、芸術の核心である。

見張りとは、瞑想の核心である。

飢えとは、欲望の核心である。

肉食とは、称賛の核心である。

＊

まず、時間は捕食として考案された。存在はその獲物として。

*

歴史の源泉。一昼夜の周期性は、季節の周期性のなかで少しずつ質が高められてゆく。周期性は、それ自身の存在のなかで群れのリズムを包含する。

存在という単語は、ラテン語では接近を意味する。群れにおける個人と個人とのあいだの接近の時は、祝祭と呼ばれる。群れは、昼と夜の割れ目を至点の裂け目において引き裂きながら、天上の、年間の、共同体の旅における役割を割り当てる段階にまでさらに拡張する。

*

発光器官《フォトフォール》は光を宿し、槍持ち兵士《ドリフォール》は槍を掲げ、自我照応《エゴフォール》は小さな語、「わたし」を含んでいる。話者たちが叫びの源に置く小さな語、「わたし」は、少しずつ彼らの信頼を得て、少しは明快であることを期待され、その明快さにおいて彼らは雄々しさを夢見る。

小さな語、「わたし」と共に、言語学的な意味におけるフレーズは、送り手と受け手とのあいだの相互関係を築く。

対話のかたちで、無意識的な自然言語を投げかけるエゴフォールは、その言語を、獲得された「国」語のこだまのかたちで、その総体において受け取る（意識）。エゴフォールがお互いに言葉をかけ合うごとに、それはふたたび人間の社会の可能性をかたちづくる（つまり、相互性、戦争、宗教、羨望）。

「わたし」という小さな単語を互いに伝えながら、エゴフォールは互いに消滅する（交換し合う）。フレーズはただちにふたつの軸による世界をつくり、それらの軸が社会を編成し直し、セクシュアリティを変容させる。

フレーズによって、性的な関係とは異なる関係が築かれる。性的な関係は、対立させもしないし、極化することもない。性的な関係は区別するのだ。ラテン語の単語、*sexus* は分離を意味する。

言語における関係は、参照するものと参照されるものを永遠に引き裂きながら、人類と大地のあいだに軸を打ち立てるが、その両者はすぐに対立させられる。ことばから自然へ、年代記から非年代記へ、非連続から連続へ、主体から物そのものへ、世界の地平線から目に見えない原初の源へと向かう軸。

対話におけるエゴフォールは、もう少しで、対立する捕食者になるところであり、捕食者を模倣してもいる。エゴフォールは、羨ましげな対立、あるいは、エゴフォールが話しながら、聞きながら、従いながらつくり出す危険な敵意の境界に位置する。エゴフォールの世界は、深淵の境界線の縁にある。

相互的な関係を獲得すること、それ自体が、母親と子どもの関係のように相互的（合併的、同時代的）である。

二番目の軸の獲得は、父親と息子の関係のように非相互的（非同期的、歴史的）である。（父親と息子の関係とは、ふたたび一緒になることのない二つの断片のあいだにつながりがないということである。その二つの断片は、象徴、過去の取り戻せない都市性、そして果てしない支配をかたちづくる。その支配とは、素材、形体、性、顔、表情、関係において新たに到着するものに対する支配である。）

〈世界〉と〈意味〉の対立、〈存在〉と〈時間〉の対立。

時間的な二つの極は人間と共に生じる。（人間は、個人的な意識のかたちで獲得される、ことばの内的な母音化よりも前に生じる。）その時間的な二つの極は、それぞれのことばにおいて特有な方法にしたがって形成され、この形成過程はあらゆる社会形体において続けられる。敵対と性化を離れ、人間の思想を対立へと導くのは、自然言語における単語の言語的形成である。

そうして、不可逆性と反復は、〈他者〉と〈同一〉のように極化する。

＊

人間の社会はそれらを儀式化することで強調している。毎年、祝祭日や、休暇や、聖なる日が戻ってくる。エデンの園、往古、誕生、その誕生の記念日、それらを繰り返す通過儀礼の周期的な回帰。

年代記の矢印の上に散りばめられた〈円〉は、つきまとう点としての子宮と対置される。目に見えない〈ここ〉が、われわれの存在した〈そこ〉になる。時間につきまとう〈非－時間〉。〈そこ〉を突き抜ける〈ここ〉。すべての自己同一性が失われる暗い流砂のように、人間たちを意気消沈に導く〈ここ〉。

＊

記号《シーニュ》は双極である。地球自体も自転の軸に沿って位置する双極であり、その自転の北の磁極は地理的な北極と混同される。火山はこの磁力の生きた記憶であり、それは神経的な鬱病や「ブレイクダウン」の深淵が言語的な軸に沿って戻ってくるのと似ている。

わたしの考えでは、時間に三つの次元は存在しない。待ち時間（battement）、つまりこの往復運動しかない。方向性のない、この分裂しかない。

人間にとって原初の時間の本質として残るものは、二つの時間を備えた待ち時間である。失われた時間と差し迫った時間。

*

クローチェ〔イタリアの文芸批評家、歴史家、哲学者、政治家（一八六六―一九五二）〕はこう言っていた――歴史とはいつも同時代的だ。過去の存在を言語的に構築するということは、不可逆的で、方向性のない、物理的な時間としての往古といつも同時代に起こる。往古は、過去のなかに流れ込む。

現実はたえまなくおのれに歴史を語る。現実はその失われたものを方向付ける。（現実は、その方向付けられないもの、方向性を失ったものを方向付ける。）たとえば、ソ連では、前世紀の中頃、過去はまったく予見できないものだった。五〇年のあいだに、かつて起こったことはあっという間に変わっていた。

*

交接は双極である。欲望と快楽は、それら自体、互いに隔たっている。男においても女においても、焦燥と潮時が対峙している。それらは時間の流れ（*laps*）を定義する。聖ヒエロニムスの聖書では、原罪が言葉の言い間違い（*lapsus*）と呼ばれている。音楽においては、それは空振り（*mesure à vide*）〔曲が始まる前に、準備のために余分に拍を振ること」と呼ばれるものである。
待ち時間とは、誕生に先立つ抱擁の奥義である。

＊

社会的な時間というものは、直線的ではなく、円環的でもない。それは、一にセクシュアリティとしての双極であり、次に社会的な時間を可能にする言葉のように対立的なものである。

社会的な時間は、訓告と違反を対立させる。静けさと喧噪、個別化と共同。全体におけるおのおのの生とは、なによりもまず一連の規則のつながりであり、それは無秩序によってリズムを与えられている。これらの無秩序、興奮状態は血の横溢であり、歓喜である。

＊

言語は時間を選別する。言語は先行性や後行性や相伴関係を示す行動にしるしをつける。人は過去、未来、現在と言う。完了、近くに迫っていること、遠くに迫っていること、とも言うことができる。この三分割は言語そのものに属しているのではないし、ましてや人間のあらゆる自然言語に属しているのでもない、というのも自然言語はこの三分割を知らないのだから。それは神話的な方法で分けられた分類である。この三分割が三という数字を通して行われるのは、神話の英雄と同様、神話もまた胎生動物風の、三つの過程を経る試練を好むからである。しかし、この進行がもたらす中断状態は、前言語的でさえあり、魅惑的な、言語と同じように二進法で進む時間と共に捉えられなくてはならない。時間性とは、時間を刻む言語や、時間を探求する神話よりも原初のものである。子ども時代に言語や神話を身につけることによって、子どもには前もって切断のしるしが刻まれ、偏執狂的な算出のもとでの自然、儀礼的な服従、脅迫的な内面化は子どもから隠される。しかし、これらの形体が時間から差し引かれ得ないのと同様に、これらのしるしは、それらについて考えたりそれらを定めたりする言語からは区別され得ない。

*

未来の起源は夢のなかのイメージであった。そして幻覚のなかのイメージ。さらに喪のイメージ。三つの世界がある。捕食者、獲物、死者。シベリアのシャーマンの三つの世界には魂の三つの家が相当する。カデ・ルーセル〔フランスの有名な童謡のタイトルであり人名。その起源は一八世紀にさかのぼり、同名の歴史上の人物を嘲弄してはいるがそれほど辛辣ではない。家だけでなく、あらゆるものを三つ持っている〕は、オクセールに三つの家を持っている。

8　（すたれたもの）

洞窟時代にさかのぼるものをわれわれがすたれていると呼び、それらが戻ってくることを排除すると言い張るのであれば、肉欲、恥辱、死、セクシュアリティ、不安、言語、恐れ、声、羨望、ヴィジョン、重力、空腹、喜びといったものは追放されねばならない。

9 （アウグストゥス帝について）

アウグストゥス帝はキケロの執政下に生まれたが、それは紀元前六三年のことで、一〇月朔日の九日前の夜明け前、パラティヌス丘の〈牛の頭〉（*Ad capitula Bubula*）と呼ばれる部分にある、彼の家の貯蔵室においてであった。

まだ、いくばくか原牛《オーロックス》といえるような牛。

五六年間の統治のうち、四四年間は単独で権力が行使された。

彼はいつもベルトに狩猟用ナイフを携えていた。

彼はいつもギリシア語で次のように言っていた。*Speude bradeos.* フランス語ではこういうことだ。ゆっくり急げ《アトウ・トワ・ラントウマン》。

ラテン語では、*Festina lente*。

硬貨やアーチに彼の記憶を刻むヒエログリフは、イルカと錨のモチーフだった。

驚異的なことわざ、それは「不可能」（*impossibilia*）でもあり、二つの言葉で人間的時間について示していることは、押す力と戻ってくる力の混成、また波を越える跳躍と海の底の錨の混成であり、また出来事と反復の、腐食と後悔の、往古と今この時との混成でもある。

スエトニウスは次のように加えた。ある事件やある決定をギリシアの暦に（*ad Kal. graecas*、つまり存在しない暦に）送ることを示唆することわざもまた、アウグストゥス帝によってつくられたのかもしれない表現である。

その時、彼は腰掛けていた。

皇帝は、狩猟用の刀の上に手を置いて、失われたものを待っていた。

そして、狩猟用の刀に似たあらゆるものの上に、彼は手を置いた。それは、文体（*stylus*）と万年筆（*stylo*）との関係に似ている。

10　骨董屋についての概論

骨董屋を守り、歴史家から区別しなくてはならない。

逸話蒐集家と、彼らが三面記事をカモフラージュや「プロパガンダ」と対抗させるためになす蒐集に価値を置かなくてはならない。

忘却に至るまで反復が繰り返される死においては、美の蒐集家（見えなかったものに対する現代の畏敬の念）をよりいっそう好まなくてはならない。支配体制を築こうと、自分の利益のために恐れと叫喚を織りなす国家元首よりも、自分に報酬を与えてくれる権力者の意向を通すため、対立関係にある圧力グループから報酬を得ているジャーナリストよりも、あったことを単純化すると同時にごてごてと塗りたくるために国家から給与を受け取る歴史家よりも、国家に道理と方向性と意味と価値を与えるという名目で国家によって報酬を与えられている哲学者よりも。

＊

人はしばしば次のように言う。古いものに対する敬意とは、最近になってからの情熱であると。それはかつて存在した例と矛盾する。古いものに対する嗜好は、ずっと以前から、人間社会における権力を特徴づける贅沢なのである。古い薬、古い頭蓋骨、古いワイン、古いトーテム、古文書、古武器、古い聖遺物――電力が流れるようにはじまり（fondation）を導くこれらのあらゆるオブジェは、そのものが存在する〈前〉のように、はじまりをその都度、ふたたび導く。

これらの異なるオブジェにおいて、畏敬の対象はその起源である。

ローマで書かれた書物に、その多様さおよび狂気と言っていいほどの偏執によって魅惑的でもある、骨董屋についてのページがある。古いものが、老朽化で使えなくなったもの、不便なもの、薄汚れたもの、異教のもの、伝染性のもの、使い捨てのもの、卑しいものとみなされるようになったのは、資本主義産業とキリスト教が命令を発するようになって以来のことでしかない。

＊

骨董屋は、過ぎ去ったものを嫌悪する。骨董屋は誕生の前に存在しているものが好きなのである。骨董屋はまた、あらゆる春の前にあるものを捉えようとする。骨董屋は、意味に対する言葉を、大気中における突然の出現に対する感覚を、急いで脱同期化することを望む。

骨董屋は、自分自身がまとう概念をめぐって夢想している。

彼自身の身体の存在には届かなかったものが、彼につきまとう。

美とは、誕生時には目に見えなかったものに対する畏敬の念であるとわたしは定義する。広大無辺な二面性。一、子宮に属する最初の世界、二、子宮に属する世界に先行し、その世界を動かす性の世界。

あらゆる作品は〈再生《ルネサンス》〉である。なぜなら、生命でさえも誕生に先行しており、誕生という地点から生命はふたたび始まるのだから。

＊

両極のあいだを絶え間なく転換することで、いにしえの日本人や古代ローマ人が自殺に対して抱いていたヒロイズムあるいは関心は、近代人（ロマン主義者、テロリスト、宗教家）においても、反対の意味を提示しながら回帰し得るということになる。

もっとも厳格なキリスト教の教えは、突如として逆転する。「死を想え《メメント・モリ》」は「生を想え《メメント・ヴィヴェーレ》」に転じる。

倒置が小話《コント》を支配している。小話《コント》とは、極限まで追いやられ、夢の支配下に突然転落したことばに他ならない。ルネサンス期は、中世末期におけるキリスト教神秘主義の過度のイメージによって興奮状態にあったのだが、そのイメージは突然、「反対方向に、決然としたやり方で」中世末期のキリスト教神秘主義を利用した。

＊

われわれのなかに存在する真の古代といえば、誕生しかない。誕生に先行するものが、おのれを失いながらわれわれのなかで生じるのは、誕生によってなのである。

たくさんの動物たちが物を蒐集する。

それは動物たちの巣になる。

巣は誕生の場所である。

蒐集されるあらゆる物のなかで、真におのれを探そうとする唯一の物は、失われている。

*

土に還るという欲望について。深淵に戻るということ。死ぬこと。（あるいはむしろ、埋葬されるということ。）

胎生動物において、土に還るという欲望は、絶対的に悔恨に結びついている。それは、素裸になって、子宮の暗闇のなかに閉じ込もりたいという欲望なのだ。（自分を保護してくれる、暗がりのような先行性に匹敵するなにかのうしろに隠れること。最古の人間は、大地の深淵のなか、山の洞窟のなかに還る大胆さを持っており、地中に還り、われわれと同じように、古代の胎児に特有の薄暗がりのなかに戻るという欲望を持っていた。）

命題。骨董屋には、もっとも素晴らしいものを陳列している場所を明らかにする義務はない。

古代ローマに氾濫していた骨董屋たちは、黄金時代を専門にしていると言い張っていた。ポスト－宗教的信心は古代の崇拝を生む。考古学（*archaiologia*）の最初の意味は、古い主題を選ぶということである。

かつて「あった」。

英雄は往古とつながっている。というのも、英雄は現在をつくり出す責任を担っているのだから。

世界のあらゆる物語に登場する英雄たちは、都市、芸術、慣習、言語、道具、徴税所をつくる。

英雄たちは、骨董屋を生み出す。

＊

ユクテュス〔ギリシア神話に登場するほら吹きで吝嗇な骨董屋〕のリスト。

ユクテュスは、イエスのずっと前に、サグントの地〔スペイン・バレンシア県の古い歴史を有する都市〕で古い皿を蒐集していた。

彼はラオメドンが酒を飲むのに使った椀を見せた。

ホメロスが使ったオイルランプも。

ビティアスの宴の日の、ディドの黒い杯も〔ギリシア・ローマ神話に登場するフェニキアのテュロスの王女ディドのこと。ウェルギリウス『アエネイス』によれば、ディドはトロイアの英雄アエネアスを館に招き入れるが、ビティアスの宴の日、キュテラの女神（アフロディテ）の術策でクピドによって狂気の火、すなわち毒を盛られる。ディドはアエネアスと結ばれるものの、イタリアで建国するという使命を思い出したアエネアスはディドを捨ててカルタゴを去ろうとする。それを知ったディドが死を願うと、供えた清水は黒く濁り、注いだ御神酒は暗色の血となった。ディドは恋人の剣で自殺する。この物語を題材とした歌劇やヴァイオリン・ソナタが存在する〕。

11　ヴァロン

ヴァロンは六四〇年に生まれた。彼は七二八年にローマで、*prope nonagenarius*（ほぼ九〇歳で）死んだ。彼はキケロあるいはポンペイウスよりも一〇歳ほど年長で、二人ともヴァロンの友だったのだが、ヴァロンは彼らよりも長く生きたのであった。ヴァロンの好奇心は尽きることがなかった。彼はスティロンに続く二人目の考古学者だった。

まるで骨董屋のようだと言われていた。逐語的に言うと、それはかつて（*ante*）あったものに取り憑かれた人間のことである。

彼について、キケロはギリシア語でこう書いた。彼は恐るべき人間（*deinos anèr*）であると。

背が高く、荒々しく、痩せていて、粗野で、短気で、耳障りな音を立て、陰鬱。

＊

キケロは読書という主題について、それは亡命の糧であると明言した。

ヴァロンは、読書とは国であると答えた。

ヴァロンは書いた。*Legendo atque scribendo vitam procudito*（鉄を鍛えるように人生を鍛え上げるということは、読み、書くことによってである）。

＊

ヴァロンは、巻物によって、彼の人生に *medicinam perpetuam*（決定的な治癒）がもたらされたと書いた。

彼は、鳥小屋の近くにある自分の書斎で老いた。

＊

アウグストゥス帝の治世下において、いまだ存命のこの男はほとんど亡霊であった。

プリニウスは、以下のように伝えている。アウグストゥス帝は、ヴァロンに対して大いに敬意を払った。ヴァロンの叱責や、性格の厳格さや、予測のつかない憤怒にもかかわらず、である。アウグストゥス帝は、それについて驚きを示した人々にこう言った。

「わたしはヴァロンをわたしに結びつけながら、過去をわたしに結びつけているのだ」

八七歳にして、碩学は四巻もの年鑑を出版していたのである。

*

遺言のなかで、ヴァロンは、ピタゴラス学派の人たちのように、「黒ポプラの葉」〔ヨーロッパクロヤマナラシ。ポプラとは、ラテン語の「人々、共同体、国民」などを意味するポプルス *populus* に由来し、古代ローマにおいてしばしば公共の集会所の周囲に植えられた〕と一緒にレンガの棺のなかに埋葬してほしいと頼んだ。

12　懐古（*Nostalgia*）

懐古《ノスタルジア》（*Nostalgia*）という語は、ホッファーという名のミュルーズ〔フランス東部の都市。スイスとの国境でスイスの主要都市の一つであるバーゼルから近い〕の医者によってつくられた。この発明は一六七八年のことであった。ホッファー医師は、傭兵たち、とくにスイス出身の傭兵たちを襲った病を定義するために、名前を見つけようと試みていた。

このスイス人たちは突然、歩兵であろうと将校であろうと、彼らが従事している部隊を離れようとすることさえなく、彼らのアルプス山脈を懐かしみながら死んだ。

彼らは泣く。

彼らが話すとき、自分たちが子どもだったころの日々の記憶をとめどなく持ち出してくる。

彼らは、自分たちの群れの犬の名を呼びながら、木の枝で首を吊る。

ホッファー医師は、ギリシア語辞典のなかに、回顧という語を探し、それから苦しみという語を取り出した。*Nostos*〔家に帰ること〕という語に *algos*〔痛み、苦しみ、悲しみ〕という語を加えて *nostalgia* をつくった。

一六七八年、この名をつくり出したとき、彼はバロックの病をも名付けることになったのである。

＊

かつて存在したものの中から、「かつてあったもの」をもぎ取るという不可逆的な苦しみ。持続していたまなざしを完全に奪い去ってしまうという不可逆性。

古いことばで歌われ、アクセントのついた鼻歌を、耳の開口部の近くでもはや聞くことのない人。場違いで、落ち着きがなく、飛び跳ね、「荒々しく」、「動物的な」子ども時代を自然の環境から切り離す人。乳児に必要な、まだとても曖昧な社会的従属を無視する人。

＊

ノスタルジーとは、天の至点を夢想させる、人間的時間の構造である。

＊

時間という概念の最初の源が発明されたのは、自然に直面した人間の感情においてである。その源は、欠如あるいは円の様相をしている。それが回帰である。それは、春が戻ってくることであり、一日のなかで太陽が戻ってくることであり、一年のなかで太陽が戻ってくることであり、夜の星が戻ってくることであり、冬のあとに植物が戻ってくることであり、追い払われたあとに（逃げたあとに）動物や人間が帰ってくることである。

生き延びるということ、それは春という驚異的な回帰である。

次の春を待つこと。

回帰という病は、はじめてのものである。もう回帰することがないという苦しみは、往時の家庭とその面々をふたたび見出したいと願っている魂をパニックに陥れる。それはオデュッセウスの病であり、炉や女たちの輪から遠ざかった狩人たちの病であり、英雄たちの病でもある。

＊

あらゆるものより強いと思われるのは、故郷に対して感じられる引力における、往古の魅惑である。〈悲劇詩人〉のエウリピデスは、形式的に次のように加える。そのような魅惑を否定する者は言葉遊びをしているのであり、彼の思考は矛盾している。

彼の思考を裏切るのは、むしろ彼の身体だ。

そしてさらに、土地が問題なのではない。

〈悲劇詩人〉は、心底からの想念というものに意識を差し向ける。その想念とは、国家語によって頭蓋の箱が征服される「前」に抱かれた想念である。彼は、インファントの想念へと向かう。彼は、「持続する欲望」へと向かう。欲望が継続するやいなや、それは退行的になる。

大地の上からではなく、腹のなかの場所から来る後悔。

＊

生まれようとしている者が、生誕のただなかにおいて消滅するやいなや、喪の悲しみが感じられる。
増大しつつある一日が停滞する。
そして一日の発見は輝きを失う。

＊

ピエール・ニコル〔一七世紀フランスの神学者・思想家（一六二五—一六九五）〕は書いた。過去とは、移ろいゆくあらゆる物事を飲み込む底なしの深淵である。そして未来とは、われわれには不可知なもう一つの深淵である。一方は絶え間なくもう一方に流れ込む。未来は、現在を経過して流れてゆきながら、過去に注がれる。われわれはこれら二つの深淵のあいだに置かれており、それが感じられる。というのも、われわれには未来が過去に流れてゆくのが感じられるからだ。この感覚が、深淵の上に現在をつくっている。

深淵とは、不定過去《アオリスト》が無制限を意味するのと同様に、ギリシア語で底なしを意味する。

時間の「深淵」(*a-bysso*)。

そこに到達するやいなや太陽光がもはや届かなくなるような、大海のもっとも深い地を深海＝深淵と呼ぶとは、いみじくも言ったものだ。

＊

満足した経験が幻覚を伴って回帰する、これが最初の精神活動である。

夢がそれに先立つ。夢は、無意識的な混乱のただなかで、身体を欠いた存在に幻覚を生じさせる。

だから、帰郷（*nostos*）とは魂の底なのである。

失われたものが帰ってこないという病——ノスタルジア——は、ことばへの本能的欲求の脇にある、思想の原初的な悪である。

次のことを言っておかねばならないだろう。自然言語の獲得は、おそらくそれ自身、失われたものの回帰に関する病でしかない。なぜならそれは、母の肉体の内部にまだいるというのでなければ、原初の声や母の声といったものを自己の内部に戻ってこさせることだからである。母の体内では、待つことなく栄養を取りながらも、すべては母の声の響きにひたっている。

終わりがなく汲みつくせない過去は、人間においては、こうして母によって定義される。そして、かつて遠くから聞こえてきた母の声によって。

生誕という引っ越しの深淵に呼応する、母語の単純過去。

*

無国籍であることは不定過去《アオリスト》に通じ、不定過去《アオリスト》は深淵に通じる。

人間における無国籍は、原初の胎生動物界における喪失に由来している。生まれ出ずる者たちは、見つけることのできない内的な場所のノスタルジーのなかで突然息を吸い込む。彼らは、存在しない地層の堆積を夢見ることはできるものの、理解の及ばない遠い声の内部で、すでに腹の皮膚で守られながら生きたあとでうまれ落ちた大地からは、けっして生まれたとは言えないだろう。出生地という考えは、時間的にあとのものである（人類の九万年は、定住という考えから人類を隔てているが、その定住性という考え自体、よりあとになって、空間に据えられた別世界の都市のかたちで累積された彼らの墓のために先祖たちによって模倣されたものである)。

農耕者として土を耕し、葬るためにそこに埋められた父を発見するまでの何千年ものあいだ、われわれは狩人であり流浪の民であった。

＊

ギリシア語では、「思惟作用《ノエシス》」〔フッサール現象学で、意識の働きの作用面。広義で、意識体験全般をも指す〕と「回帰《ノストス》」は同じ起源を持つ。考えるとは後悔することである。後悔するとは、目の前にないものを見ることである。欠けているものの幻覚を見せる渇望の感覚である。失った妻の顔を見る寡夫である。太陽を待つ凍結である。考えること、望むこと、夢見ることの土台には絶え間ない到来があり、それは〈待降節〉にやって来るすべてのものの中心にある到来の下でずっと存在している。往古がそれらをつくり出す。失われた肉体と往古は、互いにとても似ている。この世界で書かれた最初の小説において、ギルガメッシュ王はもはや何をすべきかわからなくなったとき、差し迫った危険な状況から逃れるための計略を見つけなければならなくなったとき、それをことばで繰り返すやいなや、エンキドゥに次のように言う。到達すべき目標を——そしてそれにどのように到達するかを——見せてくれるような夢を見るために眠る、と。

＊

いかなる精神生活も、前世のもうひとつの精神生活の助けなしには誕生し得ない。祖先の前世は、新生児のため、新生児がやって来る前に、自分の精神生活に比較し得るような精神生活の存在を夢見る。

だから、往古から立ちのぼって来る、往古の新生児が存在する。

＊

そのようなものが往古である。われわれが忘れたものは、われわれを忘れない。生まれたすべての赤ん坊は、すでに亡命者なのだ。

13 （シェイクスピア）

彼は老人のふりをするのが好きだった。幽霊の真似をするのも好きだった。劇に亡霊の役があると、一団の役者たちは言ったものだ。

「これはシェイクスピアのためだね」

14　ド（*L'ut*）

パウロという名のモンテ・カッシーノの修道士が、歌わなくてはならなかったある日、しわがれ声になってしまった。彼がひざまずくと、洗礼者聖ヨハネは彼にドの音を発見することを許した。

彼の唇が開いた。

息や呻き声の音が聞こえると言えるとしたら、彼の声も聞こえた。

とても低いために別世界から立ちのぼって来るかのように思われる声を聴きながら、修道士たちは皆、苦しみで泣き出した。

＊

お勤めのあと、修道士パウロは洗礼者ヨハネに感謝した。

しかし、彼が九回のミサを捧げたのは洗礼者聖ヨハネに対してではなかった。

聖ザカリアに対して彼は言葉を向けていたのだ。というのも、いったん声変わりをすると、子どもたちは失われた自分の声のために聖ザカリアのもとで祈ったからである。さて、修道士パウロに返された声はより沈んだ声だった。そうして、すべての本職の歌手たちは聖ザカリアをあがめるようになった。

今日でもなお、歌い手は来たるコンサートのために自分の声を確かなものにしようとするとき、聖ザカリアの像の周りでろうそくを燃やしている。

15 （ベルクハイムでの釣り遊び）

わたしは父のことを夢想している。わたしたちはベルクハイム〔ドイツの町。ケルンの西約二〇キロにある〕で暮らしていた。父はオルガン奏者だった。夜、わたしたちはヤクスト川かアヴル川で、鏡を使って釣りをしていた。丘のふもとを流れていた川の名は、もはやはっきりとは思い出せない。わたしがその丘を勝手につくり上げているのだし、記憶は河岸をも見つけ出す。監督官は河岸で平べったい舟を準備していた。彼は、舟の舳先にかすかな光のランタンを置いていた（もっとあとに、ランタンに代わったのはコンロだったけれど）。ニュルンベルクで作られたスズ製の円形の鏡が、深淵の方向に炎を映していた。奇跡的な釣りだった。わたしはイグサのなかでじりじりとしていた——楽楼でふいごの上をゲシッシュ氏がゆっくりと歩いていた、ふいごの後ろで足を踏み鳴らすのと同じように、〈神〉とその〈夜〉の方向に音を増幅させながら。

16　(夜の黒さについて)

宇宙で放射されたものの、人間に到達する前に失われてしまった光のことをわたしは夜と呼ぶ。

夜の、あるいは暗い空はなんと黒っぽいことだろう。

もしも宇宙が永遠なら、陽が沈むとき、何千もの無数の星でいっぱいの空は、脊椎動物たちや鳥たちの目をくらませる巨大な天空の表面を差し出しながら輝くだろうに。

夜の空は、時間がないので薄暗いのである。

宇宙空間における最初の星々の形成以降、光は、星々を見る動物たちの目にまで届く時間がないままである。

闇とは、宇宙におけるこの遅さである。（輝くことの遅さではない。輝く広大な空間を知覚する遅さである。）

遅さが宇宙なのである。

いみじくも、聖書はこの時間の流れにおける喪失を闇と呼んでいる。まなざしがもはや届かないくらい遠いところから出発して、道中で失われてしまった光。

夜とは、無限の光に他ならない。宇宙空間に有限の速さで広がるすべての光は、永遠に到達し得ないものだ。

単純過去の辺境地帯。

このようなものが天の黒い夜である。

天は到達し得ない光にひたっている。それがわれわれに伴っている黒いものだ。われわれに伴うすべての黒いものには、散りばめられた星が少ないのである。

17　苦み（*Amaritudo*）

快楽において、幸せでありたいという欲望は失われる。すべてを欲望にゆだねればゆだねるほど、幸せはほとんどそこにある。われわれは幸せにねらいをつけるのだが、過ちのすべてはこの点にある。われわれは幸せとの邂逅を予期する。幸せを予感する。突然、幸せを見出し、さらに待つと、幸せが近づいてきて、到着する。到着の途上で、幸せは壊れてしまう。

この議論によって、貞潔についての決断を理解することができる。

欲望は、制限のない、失われたものに結びついている。

二つの方法によって。一、欲望は、手に入れることができそうでより生々しい生殖の喜びよりも、失われたものに近い。二、欲望とは、享受しながら失われるものである。その結果における非常に不快なこの喪失は、快楽の定義でさえある。

喜びとは、失われたものへの欲望を、勃起消退を、非興奮性を、不快感を、けだるさを、無気力を、窮屈を、眠気を、唖然として発見することである。

欲望は、幸せについての厳格な定義とは対照的である。持続する欲望とは、心配の混ざった楽しさである。真の欲望は、満足のなかに消失をうかがったりしないし、熱狂し無秩序である。それは平和よりも飢餓の激しさに似ていて、あらゆるものによって苛立たせられ、そのもの自身を出発点にして夢中になる。それを出発点に、すべてが安らぎを失う。触れるものすべてを熱狂させ、生命を灌漑し、物質を歪曲し、とりわけ来るべきではないが来る可能性のあるものを増幅する。

*

執着の力は、突如として、もはやいかなる状況にも依存しなくなる。妄想が魂を突然かき乱す。身体は、けっしてやっては来ない、なにかわからないものに向かって引っ張られる。

*

幸せである人とは、希望から去られ、その人生はほとんど生気がなく、欲望は失われ、夢想することさえなく、夜のなかに去ってしまっていて、夢を見るために深く眠りすぎるような人である。

18　（出発すること）

放棄するのは快い。
放棄すること、それは出発することだ。
つねに出発しなければならない。
わたしは出発する、それこそが喜びである。

19（釜山）

人生の出来事のなかには、雷雨のようにわれわれを襲うものがある。平原、あるいはヒースの野を、息を切らして走る。すべてから遠い。地平線に木立はない。野原のなかに壕はない。突き出た岩もなければ、屋根として使えるような、打ち捨てられた車の残骸もない。雲が、全速力で上を流れ去ってゆく。雲は黒い。無煙炭の球と同じくらい強烈な黒さである。雲は輝き、木々に触れると、突然霰《あられ》がぱちぱちと音を立てる。空から落ちてきたこれらの小さな石は弾み始める。われわれは走る。空はわれわれに石を投げつけている。われわれは理由もなく走る。腕で、手で頭を覆う。雨が一瞬で衣服を通過する。なすべきことは何もないとわかる。全力を尽くしたところで、濡れなくなるというような手段はないとわかっている。立ったまま、動かずに、あるいはひざまずいて、背中を緊張させながら、濡れ続けるしかないとわかっている。しかし、われわれはそうすることができない。われわれは、例外的にでも苦しみを逃れられるかのようにあらゆる方向に走る。雹《ひょう》の粒から逃れられるかのように、しずくを縫って通過できるかのように、〈神〉や〈永遠〉の注意を引くことができるかのように。わたしが一九八七年にソウル空港に到着したとき、長身のヨーロッパ人女性がわたしを迎えてくれた。彼女の髪は長くブロンドだった。イタリア人だった。彼女の目の輝きは熱を帯びていた。釜山に赴くはずだった夫はまだそこにおらず、明日には着いているだろうと彼女は弁解した。わたしたちは青い四駆に同乗した。ビルの九階にある伝統的なレストランで、床に座って夕食を取った。わたしたちは入り口で靴を脱いだ。彼女の足は湿っていた。わたしたちは米の酒を飲んでいた。彼女の足の指がストッキングのなかに押し込められ、互いに区別できなくなっているのをわたしは眺めていた。光が、鏡に反射するように、彼女のひざの骨を覆っている布に反射していた。わたしは手を差し出し、置いた。彼女は話し続けた。わたしは彼女のスカートのへりに指を滑り込ませた。彼女は話し続けた。わたしの手は震え始めた。突然、素早い動作で、彼女は手のひらをわたしの性器の上に置き、一瞬、手は見えなくなった。わたしたちは話し続けたが、わたしたちの手とまなざしは、もはやことばを聞くことのない生を追っていた。わたしたちは、どこかもわからないところへと向かった。彼女の香りは素晴らしかった。胴は長かった。胸には重みがあった。その目は黒かった。わたしたちは愛し合った。わたしは眠りに落ちた。

　わたしを起こしたとき、彼女はすっかり別人になっていた。テーラードスーツを着て、ベッドの縁に座っていた。化粧をしていたのだ。彼女はわたしを乱暴に揺さぶった。まだ夜だった。

「さようなら《アデュー》！」、彼女はわたしに言った。

　わたしは彼女を見た。わたしは苦しんだ。ふたたび、雷雨に囚われたのだ。それがわたしの生だ。彼女は、他のどんな人もそうはできないようなやり方で消え去るすべを知っていた。出版社がわたしの名で一部屋を予約してあるホテルの住所を、タクシーの運転手に差し出した。わたしは仕事をした。ソウルの近くの、黄海に面したところに一カ月間滞在した。小話や、物語のたぐいを書いた。毎年フィンランドで行われている会合の際に、ラハティで彼女に再会した。彼女は赤毛の若い女性を伴っていた。

20（深淵に溶け込んだ世紀について）

ボードマギュ〔中世の騎士道物語である、『アーサー王物語』の登場人物〕は、地獄の王であり、さまよえる騎士たちについて次のように言う——みな深淵のなかに飲み込まれてしまったかのように、この探索のなかにすっかり迷い込んでしまっている。

　われわれの古い言語においては、時間が人間を意味していたのと同様に、世紀は世界を意味していた。ペルスヴァルは、ますます深みを帯びてゆく闇に包まれていくのに気づきながら、聖なる石の上にゆっくりと座った。これがテクストそのものである。その時、彼が座ると、石は彼の下で割れ、苦悶に満ちた叫びをあげたので、そこにいたすべての者たちには世紀が深淵に溶け込んでしまったように感じられた。

　われわれにとって、崩れ落ちるのは大地だが、正しいのは小説のテクストである。崩れ落ちる大地のなかであっても、形の定かでない無限のなかの断崖のように崩れ落ちるのは時間である。

21　死んだ時間について

有性動物の雄が、種を放出したあと、性的なあらゆるアプローチや興奮に対して反応しなくなる期間を不応期と呼ぶ。

性的な不応期は、社会的に死んだ時間を形成する。

＊

死んだ時間のリスト。

戦争のあとの幽霊のような時間。

一日の終わりに自然界を支配する、沈黙の一瞬。鳥たちが、影と共に、音の世界を去る。

哺乳類の抱擁に続く時間。

息切れのあと、そして継続的あるいは強いられた心拍数の増加のあとの小休止。

座った姿勢の発明、説教台という、人間にとってかくも奇妙な発明、本を読むこと。

＊

イタリア・ルネサンス、そしてフランス・ルネサンスは、中世キリスト教の終末論に反して古代異教文明の過去の取り戻しに使われたため、〈神〉の権力から時間を奪い取った。

磁極は反転し、その反転はとりわけ神話的なプロセスであった。それが反省（*réflexion*）である。世紀は楽園になった。愛は進歩である。永遠は死んだ時間である。

北極も南極も、〈観念学者たち〉や、〈百科全書家〉や、〈パリの革命家〉や、〈第一帝政の産業家〉にとってのみ、反対の位置にある。

しかし、時間の磁極が不意にひっくり返ったのは、ルネサンスのあいだなのである。

＊

時間に関する二つの錯乱。ノスタルジー（メランコリー、喪）、終末論（進歩、最後の審判）。〈前〉と〈後〉は〈到着〉と〈経過〉の戯画的なイメージに他ならない。

＊

偶像や神々や言語を敬愛することや、ナショナリズムはルネサンス後のものである。

あらゆる天啓宗教は、自らが突然のけ者にする過去のすべての神々を破壊することを望む。予言者の神々がぐらつき、その神々の約束が信じうるものでなくなるとき、国家は来たるべき位置の宗教になった。国家は、進歩の病にかかった宗教を定義した。兄弟愛的理想、非人間的理想、国家的理想、義務的な理想、徴兵制の理想のため、楽園の中心であらたなる生を送るという希望を諦めなくてはならなくなったので、祖国愛がガリア主義に取って代わったのだった。父祖たちの地を神聖化することが、永遠の楽園におけるキリスト教信仰の代わりとなったのである。

言い換えれば、宗教を過去の国家と定義すれば事足りる。進歩を定義する来たるべき位置、つまりその位置の前進は、差し迫った有限（le fini immédiat）に対する有限の征服（une conquête finie）である。進歩は、過去を死に追いやったり、過去の顔を押しやったり、あるいは過去の顔を飲み込んだりすることに夢中になる。無限は、進歩（*progressio*）の際に人間の頭を見放すのであり、進歩（*progressio*）とは、有限を破壊する際に現実を超えて踏み出す一歩である。

前世紀の戦争が生み出した、全世界に渡り産業化された死は、現世における進歩の形象となった。廃墟から踏み出す一歩。

焼け焦げた人間の臭いとしての〈待降節〉。

＊

二〇世紀のあいだに、科学によってこの世界の終わりという意識が強要された。人類のあらゆる善、世界の文化にかかわるあらゆる瞬間、あらゆる本、人間的空間のあらゆる思い出は飲み込まれてしまうだろう。

大地は燃えるだろう。

太陽は燃え尽きるだろう。

種の進化において、種の破壊行動が明らかであること、そして種によって人間のあらゆるモニュメントが飲み込まれ、人間のあらゆる作品が消滅し、あらゆる人間の価値が失われることが参照の対象になるということは初めてである。

時間が歴史に先行するという確信を人類が持つのは初めてである。

身体と財産のこの蕩尽は、すべての埋葬の実践を虚しいものにする。埋葬とは原初のものであるし、われわれの種を定義付けるものであるのだが。たとえば、土葬や、乾燥、生体拝領、墓碑など。

同時に、有史時代と先史時代と現世の時代と生の期間の延長、そして人間の経験の不安定さ、散漫さ、はかなさ、偶然性。

人類は、もはや何ものも、何に対しても、自分自身から託すことができないということ。

大地にも託すことができない（大地は消え去るだろうから）。

太陽システムにも託すことができない（太陽システムは沸騰するだろうから）。

＊

時間という概念の誕生以来、未来に関する想念は、大地の存在を来たるべき無として瞑想する。

＊

一九三九年九月三日の日曜日、一一時に始まり、一九四五年九月二日の夜明けに終わった戦争は、時代を断ち切った。われわれの日々をつくっている人々は、西洋史に対する手の施しようのない断絶を証明している。この歴史は失われたということだ。

人類が失われた。

祖国が失われた。

宗教が失われた。

伝統が失われた。

ところが、そのような人々の可能性をつくっているのは、純粋な状態におけるこの失われたものなのだ。なぜなら、この失われたものは、芸術の難解な土台をかたちづくっている〈失われたもの〉と同じ失われたものだからだ。

さまよえる遠い嘆き声の発する源で。

探し合い、求め合う信じられないほどのよみがえりの光の源では、少しの時間しかぐらついていない、あるいはほとんどの時間はぐらついていない。

人間的な時間はそのアルカイックな失象徴に、その自由に、その過剰に、その野蛮さに返された。

＊

信じられないほど非儀礼化し、極性を失った現代人の時間。

王夫之〔中国明末期、清初期の思想家、儒学者（一六一九―一六九二）〕は次のように書いた――この世のすべての存在は、人間を除いて、互いに力を貸し合っている。

耳が目に力を貸しているので、雷は稲妻に力を貸していることになる。季節が戻ってこられるように、夜は昼に力を貸している。種がほとばしるように、雌は雄に力を貸している。生命が容量を増やし、空間を満たすために、セクシュアリティは栄養摂取に力を貸している。あらゆる果物、あらゆる動物、原初以来懐胎されたすべての存在で大地を汚してしまわないように、死は生に力を貸している。

王夫之は続ける。しかし、妻は夫に力を貸さない。息子も父親に力を貸さない。弟子は師に力を貸さない。奴隷は主人に力を貸さない。

*

放浪癖（*Wanderlust*）。旅への欲望はよそにある。同一（*idem*）を避け、他者（*alter*）を探し、失われたものをふたたび見出す。言葉や、言語表現の方向はほとんど問題ではない。

*

Explosio est pulsio.

火山は大地の核の圧力の下で噴火する（わたしは沸騰する往古を、大地の核と呼んでいる）。貯蔵庫を形成していた磁力室は、いっぱいになると、突然仕切りが決壊する。急激に正常な気圧を失い、ガスと液体の混合物が極致まで噴き出す。噴き出すやいなや、磁力室のなかで解放された場所は新たなるマグマの到来を招き、そのマグマは前述の混合物と混ざり合い、そこで炭素や水や硫黄からなる揮発性の成分を増殖させる。

＊

長く滞在した離れ島から戻ってきて、顔はくすみ、身体を痛め、声は使われなかったため少し失われ、ありそうもない言語と強いられた沈黙のせいで少し離れたところから、われわれがけっして行かないであろうこれらの国で見られる習慣や残酷さをわれわれに語ってくれている人々の話を注意深く聴くのと同じようにして、われわれは空想の物語を読む。

唯一の国名が、われわれの言語にとっては死という名前よりももっと理解不能であるような国。

われわれがそのとき愛するのは、歴史よりも現実であり、場所と時間とのあいだの有限でない距離であり、そこからわれわれを隔てる「海」であり、われわれにその表面を隠す境界のない「空間」であり、われわれを永遠に岸に投げ込む「深淵」である。読書しながらわれわれが感じようとしているのは、この「満たされるという見込みのない距離」である。われわれが知ったことと、われわれが感じ得たはずのこととのあいだの、満たされる見込みのない距離。本は、われわれの夢が自由であるのよりももっと豊かなわれわれの生というものを、熟成させ、その手段を発達させる。読書はそのようにして、旅がわれわれを運んでくれるよりももっと遠い世界の奥へ、われわれを誘うのである。

22 〈彷徨《パサージュ》〉の山

〈彷徨《パサージュ》〉の山の上に立ち、〈永遠〉〔神のこと。ルイ・スゴン（Louis Segond）による聖書のフランス語訳にこの表現がみられる〕によって立ち入ることを許されなかった土地を、モーセは見つめる。

　それはモアブ〔古代イスラエルの東に隣接した地域の古代の地名〕の国にある、ネボ山〔ヨルダン西部に位置する山〕の、〈深淵〉（Abarîm）の頂上である。

〈発音し得ない者〉が、カナーンの地を見つめているモーセに、恍惚状態となったのち、死ぬようにと告げたのはそこにおいてである。

　国と砂漠のあいだの境界（*limes*）に捧げられたモーセ。

　夢と現実の狭間に。

　神と幻影の境に。

〈言い得ない者〉は歩いていた者に言った。アバリムの山に登りなさい（*Ascende in montem istud Abarim*）、

　ネボ山の……（*in montem Nebo...*）

カナーンの地を眺め、山上で死ね。
おまえの分け前は無限である。
放浪、それがおまえの住処。
眩暈、それがおまえのまなざし。

23（ブゾーニについて）

音楽は失われたものを映す鏡である。ことばは現在進行形の〈喪失状態〉である。恍惚《エクスターズ》とは、喪失そのものの無意識的な証拠である。恍惚《エクスターズ》はもぎ取られたものの根幹に触れる。ことばによって苦しむ存在の恍惚《エクスターズ》しかあり得ない。というのも、意識を失うということは、ことばを失うということなのだから。

＊

ブゾーニ〔イタリア人作曲家、ピアニスト（一八六六―一九二四）。J・S・バッハを崇拝。バッハの「シャコンヌ」の編曲が有名〕はかつて言ったものだ――解釈してはならない。ふたたび即興で行われねばならない。「現前」しか起こらない。両手は鍵盤の上を進むが、手はほとんど重要ではない。生まれるということが大切なのだ。原初はわれわれの芸術である。美はほとんど重要ではない。美の背後に、到達せねばならぬ源があるのだ。

ブゾーニは書いた――演奏家《インタープレット》＝解釈者と呼ばれる者は、作曲家と呼ばれる者の霊感が、楽譜が記される過程で必然的に失ってしまったものを復元しなければならない。

＊

もし物語《レシ》が存在しなかったら、起こったことはわからない。しかし、物語は何ものにもけっして呼応していない。物語はべつの行為を参照しており、その行為とは活動中のことばの行為であり、そのことばは経験とは一致しない。一連の行為とその結果全体に先立つ状況は、観点もなく、起動相のものであり、深淵のようであり、謎めいた動揺でありつづける。目もくらむようなこの状況に慣れて、それを愛さなければならない。けっして平穏になることはない。いわゆる客観的な描写は、ことばの狂信的信者しか満足させない。疑わしく断片的な提示部は、少しずつ穏やかになる。真実はつくられない。

24 (M)

彼女は握りこぶしの甲で両目をこすっていた。

目はなかば栗色で、なかば黒く、窺い知ることができない。

この水面には、輝かしいものはなにも浮かんでいなかった。さざ波ひとつない。このまなざしは、かねてからそうであったように、わたしにとって深みそのものであった。それは、古代ギリシア人が深淵と呼んだ、まさにそのものだ。

動物もまた、このようなまっすぐな目をしている。下心がなく、心の奥底といったものもなく、無限で、そのうえ重々しく、戸惑いはほとんど見られず、注意深く、苦悩に満ちており、その仲間たちがそうであるように貪婪である。彼女は座る前に膝をかがめていた。

25 烏

世界のあらゆる烏は同じように黒く、星々の背後に横たわる夜からやって来る。

ヘシオドスが言うには、黄金時代の人々は老いを知らなかった。単に眠気に征服されて死ぬのかもしれない、それほど彼らは際限なく見続ける夜に魅了されていたのだ。

年末の頃の夜には、闇の悪魔が徘徊している。それが〈老い〉だ。〈老い〉は、すべてを飲み込んでやると脅す。存在や、世界や、時間や、死者たちや、山々や、眠りや夢を。菩提樹はこの世におけるブッダの痕跡である。最も賢い男が、ガヤー〔インド東部、ビハール州にある県〕の近くのナイランジャナー河〔ビハール州にある河。流域に仏教の聖地ブッダガヤがある〕のほとりで恍惚《エクスターズ》（並外れた啓示）を知ったのは、木陰においてである。

菩提樹の木というより、その木陰が大事なのだ。

他の聖人たちは〈最上の聖人〉について話す。その者の〈痕跡〉はまったくの陰である。

*

ヨンヌ川の岸辺ですべてを手に入れたのよりも前に、わたしが音楽のためにあてていた小さな家にあったピアノの黒檀の上や、ヴァイオリン、ヴィオラ、チェロの黒いケースの上で、〈埃〉と呼ばれていた見えない雨の謎。

時間というものの、分散的で不安定な爆発性。

どうして、楽器というものはあんなにくすんだ色をしているのだろうか?

＊

黙っている口のなかの陰のような、生暖かくて湿気の多い夜。

26　オウィディウスの欲動

古い岩礁のほうに導かれる。（*Ad veteres scopulos iterum divertor.*）

わたしは古い岩礁のほうへ押し流されるままになる。

古参の岩礁。

わたしの船がすでに難破してしまった海洋のほうへと、わたしは向かう。

これらは、あの本のなかでオウィディウスが書いた最後の言葉である。

五九歳で、病にかかり、死ぬ前のオウィディウス。

そのときオウィディウスは、祖先の石で楽しんだ。

これは、彼がトゥティカヌス〔オウィディウスの友〕に宛てた最後の言葉である。

*

反復強迫とは往古の必然である。あらゆる障害を打ち砕く必然は、大地、樹皮、母の皮膚を揺り動かし、堤防を覆し、境界を乗り越える。

*

それぞれの日は、不確実な最後の〈審判〉である。

それぞれの時代は、往古、人間ではないもの、後継者に忘れられつつある伝統を、流れるがままにしている。それぞれの時代は、高い地位にいる権力者の目には頑固に映り、くどくどと繰り返される無気力のなかで忘れられ、目の眩んだ人類においては意識されない。

敵は必ずや勝利し続けるであろう。増え続ける死。伝えられなければならないものは〈失われたもの〉である。

*

マネが便箋に描いた帯状の飾り。それは先頭が紺色で、中身にはすべて大文字でこう書いてあった。

〈すべてが起こる〉。

紙の上に、そそり立つ青い波のかたちを提示し、テキストの上に突き出す銘。

それは個人的な衝動である。

すべては起こり、すべてはあらゆるものと同じように起こる。

（世界と同様に）「すべて」と同様に起こり、「死」と同様に過ぎる。

われわれの足、われわれの手はかつてのひれである。われわれの目は光を発する手である。血液は液体からなる布である。心筋層は心臓の布で、それ自身のリズミカルな拍動、自発的な収縮を備えている。それ自身の時間的刺激。

*

時間の二つの源は密接な関係にある。それらはことばの結果としてしか対立し得ない。なぜなら、自然言語は二項からなる構造であり、世界のあらゆるものを二つに分類し、あらゆる事物とあらゆる対話者を、極性があり、情熱的で、敵対してもおり、対話可能で、弁証法的な対で対立させているためである。

*

ノルド語の神話は虚空のなかで、対立する二つの区域を分けている。霧と太陽、ニヴルヘイム〔*niflheim* 霧の国、氷の国〕とムスペル〔*muspell* 火の国、炎の巨人〕、死と熱（陰 *yin* と陽 *yang*）。

動物の戦いは、先史時代にさかのぼる最も昔の人間を魅了した。人類の登場以前にさかのぼれば、その戦いは動物の社会そのものを魅了したのかもしれない。相対する跳躍どうしの出会い、木々や角の密接な絡み合い、このように力と力が対になること、このように強さと対立が引き付け合うこと、ことば以前のこの奇妙な二項対立化、交尾の前のこの競争が、これらの集団を支配していた雄たちの選別に相当した。

*

戦い、選別、決闘がそれらの集団をつねに支配していた。

十一月の雄鹿の鳴き声。

人類が現れる以前の闘牛について。

敵対する力どうしのぶつかり合い。（実を言うと、それは敵対していると同時に同一なのである。死への擬態。）

*

社会的なぶつかり合い。

同性愛的な競争。

本立ての美しさ。

万力、対立。

言うなれば、左右対称性から、つまり鏡像的な細胞分裂から派生した性的抱擁。

自分自身と力を拮抗させる飛梁。動物的な魅了（*fascinatio*）。ただひとつの形態発生は、そのもののなかに忘れられ、突然ふたたび形づくられ、それで死ぬほどに自らを熱愛する。

*

言語が言語自らを誘惑するとき、魅了するために言語はその意味を空にする。言語は原初の誘惑となる、つまり他者を見出すという儀式である（真実を求めたり、意味を伝達したりするというのではない）。ことばはそうしてその魅力の深淵となる。

ことばはその時、目のくらむようなそれ自身の引力として現れるのである。

*

食によって天体が隠れたり現れたりすることが同じ出来事をかたちづくるように、戻ってきたり（**revenir**）やって来たり（**venir**）するという現象がある。

戻るということ〔repasser. 作者によれば回転することであり、往古のイメージ〕は通過すること〔passer. 作者によれば、往古と対比される過去の動き〕に先行する。

季節性は、死すべき運命に先行したのだ。

*

今なるものは典型的な社会的幻想であるが、なにも保ちはしない。それは往古（歳月なき、失われたもの）と、極度に不安定な強迫と一緒に存在している。

二項からなる対立は、時間を絶えず始動させる。それはイメージもなければ終わりもないパズルであるが、そのかけらには生命がある。

老いることのないゲーム。すべてのかけらは動き続ける。みな活動的である。みなすり減ることはない。

＊

ヨンヌ川の前の芝生で遊んでいる子猫にとっての時間とは、持続性のない概念である。見るかぎり、子猫は、まったくもって忘れっぽい。

おしゃべりもせず遊んでいる子どもにとって、時間とは稲妻の持続である。子どもにはまだ、飢えてひもじいという動物としての身分がある。時間とは緊張であり、飛躍であり、欲求（*orexis*）であり、跳躍であり、弾みであり、敏速さである。それは、強烈で切迫した、地団駄を踏ませる今日というものである。今日というものは、極限において、トランス状態と、一体化の旅と、ロールプレイングゲームとのかたちを有している。

＊

初期の人類が陥ったトランス状態において、意識の喪失という問題が起こった。存在しているという感覚が動揺し始めた。というのも、トランスによって引き起こされる問題とは、回帰だからである。

少年（*puer*）（七歳から一四歳まで）は、幼児（*infans*）（誕生から七歳まで）とは違って、回帰そのものである。完全なる暗唱である。子どもたちはことばを教えられ、ことばと同時に回帰について教えられる。公園から帰ってくること、堤防から帰ってくること、海岸から帰ってくること、休暇から帰ってくること、家に帰ってくること、年が巡ってくること、思い出（記憶）がよみがえること、ことばが、それが習得された時点に戻ってくること（意識）。

自然言語が習得されるものであるのと同様に、説明しがたい回帰というものも習得される。

古典ギリシア語の *paodagôgos* という単語は、学校に連れてゆき、家に連れ帰る人を命名した言葉だ。〈行き帰りの先生〉というわけだ。

ことばは少しずつ身体に浸透してゆく。回帰は少しずつ魂を魅了する。記憶は欲望に勝り、弾むような、幼児性《インファント》の好奇心は痕跡もなく消え去る――ことばならぬものがことばのなかに蒸散してしまうように。すでに知っているものに対してしか欠乏の感覚は起こらないと思われている。すでに享受したことのあるものしか欲することはできない、と夢見る。知識においてと同様に、渇望において、われわれはかつての日々のあいだを徘徊する。

＊

大地、世界、身体、頭脳――つまり、往古、過去、現在、非現実――これらによって、次に述べる二項対立的なもののあいだに交わされる唯一の熱烈な交換が妨げられることはけっしてない。興奮状態の時間と無反応の時間のあいだ、咀嚼と飽満のあいだ、快楽と嫌悪のあいだ、報酬と懲罰のあいだ、満ち潮と引き潮のあいだ、春と秋のあいだ。

＊

時間の谷間に、強さと弱さの交代、未完成と完成の交代が存在する。加速度的で並外れた近さと、意気消沈させるような、緩慢で、死に瀕しており、非常にゆっくり《ラルゴ》で、もう少しで静止してしまうほどの遠さとのあいだに。

＊

夢想あるいは夜、そのようなものが身体の空間であり、それは死ぬ瞬間に至るまでの現実において、かつてないほど現実的な現実である。

その究極のゲーム。

対象が落下して、それからふたたび釣り上げられるようなゲーム。そのゲームによって、活発に在／不在が入れ替わる。隠されているものが見つかり、失われていたものがふたたび見出される。見えないものと見えるもののあいだのこの分極によって、二項対立的な時間が構成される。最初のリズムは、出現に先立つ消滅のリズムである。ほの暗い生のあとの出生、原初の世界が引き続く事後性（l'après coup）、そのようなものが原初の鼓動である。

強い時間というものは喪失である。弱い時間はふたたび現れることである。ふたたび現れる、ということは繰り返されたものにすぎない。欲動（*pulsio*）は、二回目、でしかない。

強い時間、喪失、誕生のみによって、最初、という概念が理解される。

ことばとは、事後的に発せられるものである。

最初、とは経験のないことを意味する。「最初」にはことばがない。

オンとオフ。

交代とは、時間の根本である。

出発と帰還、表面と裏面、南向きの斜面と北向きの斜面。

死、あるいは生。

アルンスト・ハルバーシュタット〔フロイトの初孫、画家（一九一〇—一九八七）〕はゾフィー・フロイト〔フロイトの娘（一八九三—一九二〇）〕の男の子の名前であり、今際の際の母親の足元で、糸巻きで遊んでいた。

27　天についての概論

一六五〇年一〇月の最後の日、マロール神父〔聖職者、翻訳者（一六〇〇—一六八一）。多くのラテン詩を翻訳し、スキュデリー嬢のサロンをはじめ多くのサロンのメンバーであった〕がルクレティウスの翻訳〔『物の本性について』のこと〕を完成させた。

彼はこの日、自らによる翻訳に付した序論に次のように書いた——だが、今日の人々は、誰も天のほうへ目を向けない。天を見ることの容易さによって、それを見るのに飽きてしまったのである。

天候が失われてしまったような天というものはない。

天候を読むためには、天を仰ぐことが必要である。

天候とは天である。

太陽が地平線に沈んだあとにわれわれが顔を天空に向けるとき、われわれは過去の陰鬱な面差しに思いを馳せる。

28　原初の輝き

原初の輝きが存在する。銀河中心核のなかには――一五〇億年前にもさかのぼるものがある。その年齢は宇宙の年齢である。

カリウム四〇、トリウム二三二、ウラニウム二三八は、原初の時以来、見えない光を発している。大気において、炭素一四とトリチウムは知覚できないほどに拡散し続けており、その謎めいた痕跡を物質のなかに残し続けている。

＊

ウォルター・ペイターは、画家ヴァトーが残した小さな作品についてこう書いた――何気ない現実のものの上にわれわれが探しても、見つからないような光、そういった光が彼の画を照らしている。

三世紀前、ピカルディーやフランドルやオランダの画家たちは、自分たちの色彩を愛でたものだった。彼らは、色彩について慎重に、しかし熱意を持って話していた。神が世界を数日で創造した際、その世界にかつて施したあらゆる色合いを、創造主としてふたたび取り戻しているという印象を持っていたのだ。

ファン・エイクは、太陽と共に描いていると言ったものである。

＊

八番目の天球に世界がかたちづくられることはもはやない。無数になった星々は、夜の静けさのなか、いつも輝いているというわけではないものの、ゆっくりと進んでいく。

地球は、四〇億歳よりもちょっと年長だ。

月は同い年だが、地球からは離れている。

太陽はもっと年長である。

われわれは、熱く、光り輝き、滅ぶべき存在であるほとんど安定した星の周囲の、ほとんど安定した軌道の上を回っている。

太陽系が生まれた。それは死ぬだろう。

＊

ある場所を占める、あるいは計測される物体から独立した、いかなる時間も場所も存在しない。われわれの銀河の直径は一〇万光年に匹敵する。
アウグスティヌスは書いた――時間とは、手の届かない光が宿った存在である（「手の届かない光が宿る」*lucem habitat inaccessibilem*)。
ある日、大海原が煮え立つだろう。

＊

放射性物質の交換が止めば、生物学的な個人の死の年代を推定することができる。炭素一四の半減期は五七三〇年なので、人類の痕跡を測るのにそれが使われる。カリウム四〇の半減期は一三億年なので、それは火山活動を測るために用いられる。トリウム二三二の半減期は一四〇億年なので、地球の年代を測るためにそれが頼られる。読書において、自然言語が有効である期間は無限である。失われたものを測定するのはそのような期間であると、わたしは主張する。

＊

一億六〇〇〇年前から――、猛禽類たちは空の上より、襲いかかる本能、さらう本能を体現してきた。捕食そのものに先立ち、空の奥から自然は、死という凋落の前に、攻撃や、迅速さや、貪食さをつくりだそうとする歓喜のなかでみずからのリズムを加速させる。

空という環境は、自らのために考え出される本体のなかで広がりを持とうとする。その本体とは、諸器官の形態であり、空間的なボリュームであり、時間的な次元である。

空は、無名性のなかで進化し、無名性とは空自身である。

空は、その環境が気に入るやいなや、自らが見つけたものを飲み込む、いやむしろ儀礼化する。空の限界からはみ出ているもの、それはおそらく空自身の終わりである。移動は時間の二つ目の顔であった。その顔は、空にとっての往古である爆発そのものよりも微小だが、より風変わりでもある。それは、空が空間の往古であり、空に含まれている本体の往古でもあるからである。同じ色のもの（homochromes）は、同時代のもの（homochrones）が照応し合い、ぴったりな答えを送りつづけているのと同様に惹かれ合う。そして、その答えによって、同じ色のものは、花鶏《あとり》〔雀よりやや大きく、頭と背は黒色、腹は白色〕のような小さな鳥たちを閉じ込める婚礼の歌のように、一夫一婦制のなかに閉じ込もる。

同時代のものは、反射光のような時間の秩序のなかに存在している。

同時性（synchrones）は、光に打たれた体積が帯びる影のようであり、鏡のなかに見出される反射のようでもある。

大気のなかに溶け込む鳥たちのように、季節のなかに、ついで時代のなかに溶け込む時間的なカメレオンが存在する。

時間のなかに、地下で待ち伏せをする動物がいる（天使、夜行性の動物、人間以前の蝶、山の猛禽類、文学作品を読む読者）。

往古というものがある。

空間のなかにこうして形態が浸透すると、つまりこの自然な帰属が起こると、生ける者はそれまで知らなかったことを認識する。

生ける者によって惑わされたものが、生ける者を唖然とさせる。

旧石器時代の洞窟に侵入する人間は、それがたとえ初めてであっても、その洞窟を認識する。彼は戻ってきているのである。

29（カント）

カントは書いた――感覚は時間をつくり出すのではなく、時間を仮定するのである（感覚的ではなく仮定的な時間。*supponitur a sensibus tempus*）。連続して起こることは、時間に関わりはしても時間を生み出しはしない。

感覚において、時間とは恍惚の状態である。

感覚によって感じられることは、〈そこにあるもの〉の破裂である。

誕生とは、わずかでも往古が想定されていれば、イメージとして時間の役に立つことができる。（往古は、その目が知覚の実りであるような者にとって、あらゆる知覚の可能性にとっては見えない〈原風景〉（*Urszene*）のなかに置かれている。）

Pais paizôn pesseuôn.（産み、遊び、追い立てる子ども。）

到着するということが、失われたり過ぎ去ったりすることよりも、つねに沸き起こってくる状態であるような追放。

子ども、インファンスは原初の輝きである。

オデュッセウスは、ファイアケス人の岸辺において、裸で、水に包まれている。彼の名は彼に先行する。彼の語りは彼に先立つ。ナウシカアは、クロノスが遊ぶように遊ぶ。彼女は、ボロ切れのボールを投げる。子どもの王国。

*

皇帝マルクス・アウレリウスがギリシア語で記した、奇妙かつ極めて深い内容を持つ日記において、世界の一体性、大地、空、記憶の魂、それらについて瞑想する言語能力は、根源の等質性に関わっている。自然の卵白は、ローマの精液と同一である。往古のひとしずくが、世界を満たしている。

驚異的な、オウィディウスの『変身物語』においてもこの同じ確信がある。オウィディウスはそれを、自然の威力の範囲内での激しさで増殖させている。統治もなければ、人種も性別もなく、どんな性質であれ、閉じられた性質はない。世界の性的な種子はただひとつである。

あらゆる生は時代の終わりである。

あらゆる誕生は世界の創生から存在する。

一方では祖先のすべてにおいて（*in consummatione saeculorum*）、他方では世界の起源より（*ab origine mundi*）。

*

すべての者は根源を探している。落ち込んだ人は自省のなかに、都市は犠牲のなかに、眠る子どもは口に咥える親指のなかに。宇宙物理学者は宇宙の起源を追い求め、それを絶えず、あらたにつくり出す。生物学者は生命の起源を追究し、その起源をガラスの仕切りのなかで培養する。古生物学者は、小さな骨を探して、小さなかばんを抱えて大地を駆け巡る。

——宇宙、一五〇億年。

——生命、四五億年。

——人類、一〇万年。

＊

わたしの人生において、稲妻のような突然の怒りが電光石火で訪れたものだ。

その度にわたしは、わたしが発見するかもしれない存在を嫌悪するまでに茫然自失していた。

＊

時間の奥底で反復される力を超えて、脱同期化（désynchronisation）はどこから急襲するのだろうか？

複雑さが不安定である限り、この複雑性の延長について話すことすらできない。

地球での一年は三六五日で、回転にかかる時間は二四時間である。

水星での一年は地球の単位での八八日であり、回転にかかる時間は地球の単位での五八日である。

金星での一年は地球の単位で二二四日であり、回転にかかる時間は地球時間の二四三日である——したがって、金星では、一日が一年よりも長い。

自然は突然、絶えず、奇妙な塊、あるいは記憶－形体－情報－認識のボールを打ち込んでくる。

〈往古〉の発見（*Eurêka*）は——突然——それがつくり出す空間のなかに広がるモーターである。

急襲がみずからを魅了するとき、生は死をつくり出す。

過去がむさぼり食う場所に、魅了が生まれる。派生したかたちは突如、原初の口に、それ自身が飲み込まれる原態の顔に戻る。死とはうしろに戻ることである。それは「まなざし」というフランス語の単語である。自らを投げ出す返還であり、全速力で、時間のあらゆる段階を押し進め、もっとも小さな要素にまで解体され、解体された生命、そして物体に戻る。

*

小セネカが言うには、人間を含む野獣にパノラマ的な視界を与えたのは自然である。その視界において、自然は、羨望されつつ収斂していく天体の回転のなかで、野獣の飢えたまなざしで見つめられる。

*

人間が、自らの位置している場所を見つめるとき、その場所をもっともよく観照しうる動物であるかどうかは定かではない。

空を旋回しながら飛ぶことは、人間に勝る。

旋回するダンスは、あらゆる歩行、あらゆる彷徨よりも美しい。

＊

マニリウス〔古代ローマの詩人、占星術師〕は二〇年代にローマで次のように書いた――天をことばに従属させることは冒瀆である。

＊

動物のなかには、存在論的に、おそらく人間よりも強力な恍惚を知っている者がいる。それらの動物は、自らの沈黙から、そして自分たちの自然への帰属からそれを知るのに対して、われわれ人間は、言語と、ますます間欠的な、自然への非‐帰属から、恍惚を知る。

もやに包まれた秋の鹿たちは、ときに神々よりも原初の物語に通じている。

天は突然、その青い実体のなかに雲雀《ひばり》、Alauda〔ラテン語で「雲雀」〕を吸い込む。

禿鷹が野兎を飲み込むように、知覚できないことが雀を飲み込むことがある。

水が魚を、

ローマがカエサルを、

本の中身が読者を、

母が子どもを飲み込む。

30　蝸牛

蝸牛は、六億五〇〇〇万年前に、海底で珊瑚と共に出現した。その殻はねじの形をしている。

それは縮みながら進み、きらきらした粘液の上をゆっくりとさまよう。

身体を伸ばして進んでゆくさまは、さながら月光下の海のようである。

＊

粘液は痕跡ではないが、粘液によって足元に道の発端が現れる。

蝸牛が好きなのは夜明けだけである——もしくは、雨が止みかけのときに戻ってくる太陽も。

＊

月は、海を揺り動かす。月は、流れを起こして海底をかき回す。月は盛り上がった海面を波立たせ、波は岸に打ち寄せる。そして切り立った岩石に打ちつける。岩々は、押し寄せる流れに反してそびえ立っている。

月のほうに向かう半球においては、海の総量が天体のほうに引き寄せられる。それは、あたかも二つの惑星があいだに軸をかたちづくるかのようだ。

海は、〈往古〉の残りに屈する。往古は、いまだ先祖を苦しめている。

かつて、月は今日《こんにち》よりも三倍、地球に近かった。母親が子どもを離乳させ、少しずつ、ゆっくりと、子どもが眠っているあいだにその寝室の扉を閉めるように、月は海から離れた。

かつて、月は四〇〇倍近いところで太陽に近づきながら、夜の海の熱を養うことに寄与していた。

31 (ヨギンデュ)

彼は、五二七年にビハール州のパヴァで死んだ。ヨギンデュはかつて、自分は〈浅瀬の渡し守〉の最後の者だと言っていた。浅瀬の渡し守とは、「洞窟、水源、洞穴の時代から」他の人間たちと一緒に共同生活を送ることを諦めた者たちのことである。

ヨギンデュとは、正確には、最後の月を意味する。逐語的に言うと、〈彼岸の渡し守〉の最後(彼岸への渡し守を定義する月)、ということだ。

*

ヨギンデュは言ったものだ——わかる(savoir)ことは知る(connaître)ことと対立する。身体の内奥にはめ込まれた言語的な声を、原初の日々の従属のなかに追い出さないといけない。心理的な集中の炎は繰り返されたことを消費する。否定的な方法しかない。自然言語が放棄されるやいなや、~でもなく、~でもない、という言葉は自然言語に独自の歌となる。瞑想は、言語から足を洗う限りにおいて、世界を結ぶものになる。すると、太陽はもはや、自らが投げかける影と対立するのではなく、自らの誕生に先立つ薄暗がりに回帰する。自我は回帰につながる。流れのある泉は、おのおのの存在の内奥で「鈍い光」を拡散させる。この鈍い光は、子どもの目の奥や、快楽を味わっている女の目の表面や、もっと遠くでは、すべての記憶を失ったときの老人の目の奥底にもおそらく見出すことができる。これは派生的な冷光である。「彼方から来る光」でもあり、それは——ヨギンデュという言葉の意味でもある。パルメニデスは、月を意味するためにも「彼方からの光」と言っている。しかし、ヨギンデュという言葉においては、月のような光は月の光を意味しているのではない。

ヨギンデュが言うには、それは光ですらない。

その鈍い光は、反射で生まれるのでもなければ、屈折で生まれるのでもなく、時間をかけて生まれるものでもない。

いかなる存在の光でもなければ、存在するいかなるものにおいても出会うことはない光である。

前‐存在の光。

太陽の彼方で輝く光。

明晰な光。

もっとも古い自我は〈再発見〉の喜びである。この喜びは、あらゆる喜びが見出す光を放つ。

ヨギンデュは書いた——突然湖を見つけた渡り鳥のように、喜びは突然、想念のなかに自らの居場所を見つける。

ヨギンデュは書いた——自らに先行した者を見つめる者の喜びは、純粋な空における夜の喜びに似ている。

32　ピアノ

シベリアのシャーマンが言うには、起こったことは半ば夢の状態のなかに留めておかなければならない。もし、話を聞いてくれる狩人の関心を惹きたいと望むなら、言いたいことを彼らの記憶のなかに刻みたいと願うなら、小さな声で話さなければならない。

イヌイットの言語で、シャーマンを意味するたくさんの言葉のなかのひとつは、「小さな声でもごもごと話すこと」を意味する。このつぶやきは、口述と筆記の中間である。それは、話し言葉の反発に似ている。話し言葉は、すでに対話からは切り離されており、秩序からは離れ、呼びかけを弱めているような言葉である。母親の乳を吸ったあとの赤ん坊の唇の上に、わずかな白い雲のようにして残る少量のミルクに似ているような声。

子ども時代を明らかにする、老人たちのくどくどとした話はけっして軽蔑すべきものではない。このささやきに基づいているのだから。

書き言葉のない何千もの民族が、そのことを示している。同じように書き言葉を持つ五〇〇〇の文明が、中間の声（*mezzo voce*）を吐出する必要を生み出している。この中間の声とは、脱口述化した口述によって幻覚にとらわれた予見としての声である。
書き言葉のない人たちは円になって座り、腰は曲がり、小さく、顔は黄色く、黒い瞳はインクのようである。しかし、目は輝いている。内的な謎めいた源から照らされた表情。彼らは少しずつ、優しい声、起源のない声、幻覚を起こさせる声、湧き上がっては戻ってくるかすかな音を聴く。

*

われわれがシャーマンと呼ぶ者を、イヌイットは「アンガコック」(*angakoq*)と呼ぶ。「アンガ」(*anga*)は〈古代人〉という意味である。より正確に言うならば〈以前〉である。〈古代人〉も、〈以前〉も、独特な話し方をする。話すときに、目の焦点をいかなるものにも合わせないのである(この「いかなるもの」とは、本の原型である)。話すときの口調はより重々しい。ためらいがちに話す。翻訳のような感覚、かつて会ったことのあるような感覚、とても古い感覚、すでに共有されたような感覚、ふたたび口に出すことが難しいような感覚がもたらされる。吐く息が半ばで飲み込まれる。声は唇の後ろで中途半端な状態で引っ込み、喉の奥でもぐもぐと言うような感じである。〈以前〉は、中途半端な声に向けられる。

*

それは音楽のレッスンでもある。夢の誇張の欠如。
仕切りの板がついた場所で、機会があれば、もごもごと唱えられた教訓。あるいは手摺で。

庭で溶け、水がしたたる氷の塊で。
ささやきなさい。

＊

〈以前〉は、動物が先行するのと同様に、〈先駆者〉である。原初というものは、「〈以前〉が言語を獲得する前の言語」においてささやく。

大気が生まれる前に音を浴びること、それは拡散した状態で、曖昧で、母性的でもあり、焦点が合わせられるものでも、反対に焦点を合わせるものでもあり、進み、揺り動かし、左から右へと動き、歌い、歌や根源、旅、回帰といったものを集める。

＊

昨日から生まれない一日があろうか？
この場合、今日（hui）はどこにあるのか？

＊

なぜ、「ピアノ」という単語は「ピアノフォルテ」を指すのに十分になったのであろうか？　なぜ、人間のことばは、語られると小さな声になるのだろうか？

なぜ、本？

小さな声でぶつぶつとなにかを言うことは、身体の大きさにとって、書き言葉がそうあり得る以上に満足させるものであるというのは興味深いことである。

ウィーンのベルク小路一九の精神分析家にあってもそうだ――ベッドがあり、顔はなく、小さな声。あらゆる鳥たちが、食べさせるために自らの子どもたちの嘴に吐き出す、消化される前の獲物のどろどろとした粥のようなものをわたしは夢想する。

ことばの使い手たちが長いあいだひとりでいるとき、あらゆる社会において小さな声でのもごもごした同じささやきが観察される。グループは、彼らと話す。

まなざしが及ばないところで告白したり、日の光が当たらないところで裸になったりするときには、失われたものが吐き出される際の甲高い声はもはや聞こえなかった。失われたものをふたたび訪れるとき、それらの行為はそれほど強烈な光を望んでいなかった。白黒の映画では、見えるものは乏しくなるかもしれないが、小さな声の状態にならって、イメージの語りは豊かになっていた。古い映画において、わたしは演出にも、俳優たちの演技にも、筋にもとりたてて感嘆しない。わたしは、この彩度の低い、あるいは極度に簡素なヴィジョンによって茫然自失する。このヴィジョンにおいては、白と黒の対比のみが重要である。目に見えるものをその基本的な差異に集中させるヴィジョン、その差異とは光と影の差異であり、そこから性の差異が派生した。そのヴィジョンは、影のない色彩、表情の心理学、トランペットのような声、歌の表現法、ダンスの名人芸、色の繊細さのなかで散り散りになることはない。

作家は白黒の世界で執筆する。

回帰でないような物語は存在しない。

したがって、その表現において、遠いものを呼び戻さないような作品はない。

＊

対象の標準（その価値）は、そのものにとっての死者の数で測られる。

単純過去は、各世代にリズムを与え、家族をつくり、可能な同盟を結び、グループを形成した死者たちのために、不定過去《アオリスト》と交換される。

人間の社会における不定過去の魔法とは、祖先の過去（原初の力）を現代の息子たちに伝えることのできる魔術的効果である。

この世の通奏低音は現在ではない。

人間は、迫りつつある〈往古〉という貪欲な怪物が好む獲物である。

人間のあらゆる子どもたちは、〈往古〉に割り当てられた新鮮な肉である。

＊

過去の劇的な現代性はまだ活動中の存在のなかの至るところで生きている。雷。捕食。戦争。台風。火山。〈存在〉のなかの〈時間〉の恐ろしい行動化。
花々は一年しか生きない――そしてその一年は戻ってくる。
人間においては――彼らはひとつの生しか生きないにしても――彼らの唯一の生よりももっと古くからの樹液を運ぶ。
ピアノの声が、ますますピアノになる。ピアニッシモの声。

*

力の限りに何かを言うと、その言葉の力は失われてしまう。もしも、「わたしは君を愛している」と大声で叫んだなら、すでにその言葉の性的な力は失われている。まなざしと共に話さなくてはならない。

狩人たちのあいだの強烈で決定的な交換とは、まなざしの静かな交換なのである。

歯には歯を、に先立つ、目には目を、は象徴化の源である。

もしも、捕食者が明瞭に話せば、獲物はいなくなってしまうだろう。

あらゆる文化的な活動は、狩猟を限りなく追い求める。

*

謎めいた様子で、言及する物のまわりに大きな円を描きながらそれについて話すものの結局は打ち明けない人々は、大切なこととしてその意味を聴きとろうとする人たちを明らかに失望させはするが、そうした人々は、声を低めながら、見せないものを示しながら、瞑想とためらいの循環によって、昔から知られている、いにしえに由来する知識を伝えているのである。われわれ生者にはけっして入り込めない、いにしえの知識。

死なずには死という経験について完全に語ることはできないのと同じように、彼らは秘密の重要性を伝えている。

真の秘密は、けっして共有され得ないものに属する。〈失われた女性〉、別離、性（*sexus*）、夢、空腹、死。

秘められた暗示こそが喚起するのである。絶壁とはそういうものである。

もうひとつの生が予感される。あるいは、想像し得ない恐怖に立ち向かう。

悪夢、夢、亡霊が絶壁の上に身体のようなものを吐出する。つまり、われわれの条件の限界の上に。

つまり、分たれ、有性で、喪のしるしのついた限界の上に。悪夢、夢、亡霊は、飛び越えられない絶壁に「イメージ」をぶつける――その絶壁は、静かにしか乗り越えられることはできず、またそこに戻ってくることもできない。

*

森、角、犬歯、爪、毛皮、匂い、一足飛び、甲高い叫び声、鈍いささやき声、あなたはどこにいるのか？
巨石の社会は、古代人の社会、幻覚にとらわれて死んだ声の社会になった。
長い時間を持つ石の旧約聖書が、丘の上から切り立って、
その丘はさながら頭蓋骨、
生きた人間たちの群れの、森と葉叢の国々。
石の時間と同じくらい長い時間を包含する社会。それらの社会は、長い時間のあいだ、その秩序を代弁するものを守りながらも、責務を月日に刻んできた（狩猟、回帰、回避、饗宴、至点、祝祭、誕生、略奪、播種、結婚）。
まず、代弁者とは死んだ首領であった。死んだ首領とは、その声を自らの生を超えて届け、強いられ

た彷徨ののちに神々が顕現する祖先の言語となる存在である。

石の時間性、それは一列にならんだ軌道をかたちづくる天体の動きの時間性と同じくらい長く続き、繰り返し行われ、周期的なものである――そして、軌道を方向づけながら、影の向きを決める。

33　至点

　わたしがMとさまよっていたカルタゴの円形闘技場で、わたしたちは突然、頭を後ろにのけぞらし、左の脚を挙げたシカ科の動物に出くわした。その動物は、春の草を食べる行為に戻る。この鹿というものは、形象化された、世界でもっとも古いテーマのひとつだ。それは至点である。

　ラテン語の「至点、夏」*solstitium* は次のように分解される――太陽（*sol*）が、北の、あるいは天体の方位角のもっとも鋭い角度に到達したとき、その天体の歩みのなかで突然止まる（*stare*）。

　ここでは六月二一日と一二月二一日である。

　それはもっとも昼が長い日だ。それはもっとも夜の長い日だ。

　ひとたびこの点に達すると、太陽という英雄は戻ることなく、前にふたたび進む。過去を振り返ることは禁じられている。太陽は、その旅路のなかで、これら二つの点のあいだをたどる線の上で、季節のより短い時間を描いていく。

　これら二つの点のあいだの、この行き、この帰りは、すべての書かれた言語に遠く先立って、エクリチュールの原初の線としての年をつくり出す。

時間は、過去から生起した方向以外のいかなる方向も知らない。生殖は源である。生命は、それが星々のなかに獣として投げ込んだものの堆積である。

鮭は、そこで命を終えるために、産卵場へとまっすぐに向かう。

すべての植物は、自分たちの往古（太陽）に顔を向ける。

太陽がやって来ると、花開く。

太陽は踊りさえもする、――半周回る――至点の日には。

*

オデュッセウスは船乗りシンドバッドである。どこへ行くため？ 彼はイタケに行く。先祖たちのところへ行く。生まれたときのベッドと、彼を証し立ててくれる無花果《イチジク》の木を見出す。彼は、風景が解体され夜明けごとに見えなくなる夜に合流する。父には、その男がオデュッセウスだとわからない。彼の妻もまたわからない。彼の息子もわからない。

猟犬だけが、オデュッセウスその人であるとわかる。

狩の傷（猪の牙のあと）のみが、乳母の目に彼を示す。

＊

古代ギリシアにおいては、〈存在〉の器官とはなによりもまず天の〈太陽〉であり、大地を見下ろす山であり、〈混沌〉であり、〈夜〉であり、〈ハデス〉であった。

時間は〈台風〉であった。〈台風〉に、古代ギリシア人は見事な賛歌を向けた。震えさせるきみ、抗しがたいきみ、とんでもない時間、測りがたい時間の神よ、
おお、雲の上にきみを置いてぱちぱちと物音を立てる、
存在は祖先である。

太陽の動作は三つある。暁、天頂、黄昏時。

のぼる、そびえる、沈むという三つの動きは、〈存在〉という怪物の動きである。

それは死のなかで、はかないものを飲み込む。

内的な悪魔や守護天使が存在する前に、個人的な太陽が存在する（頭蓋冠の下で内的な言語のこだまが生まれ、意識と呼ばれる、絶え間なく、規則的で、社交的で、識別し、服従させるささやきのかたちの下で反響する前に）。それは、実を言うと、リウィウス〔共和政末期、帝政初期の古代ローマの歴史家。（紀元前五九頃―一七）〕のなかのフィリップ・ド・マセドワーヌ〔マケドニア王国の王（バシレウス）。（紀元前三八二―紀元前三三六）〕の言葉である。

「わたしの日々の太陽はまだ沈んでいない」

＊

祖先崇拝において、血縁関係は直ちにつかの間の鉛直線を離れ、境界——神殿の扉の敷居まで、傾き、たわみ、水平になる。書かれた言葉によって斜めになった年代記まで通時化される。

ある日、孫たちを生み出したものの屍が、その孫たちによって、屍肉をあさる動物や野獣にゆだねられなくなる。

親は子どもたちの目の前でむさぼり食われなくなる。

子どもたちは、遺体を隠す。

殺された獲物やいなくなった人々は生き残ったものたちの夢に現れる。罪悪感を抱かせるまでに。

幻覚と罪悪感の混合物は、意識にだいぶ先立つものである——それは、母音化される。しかし、どちらも意識の最深部をなすものではない。

人に固有のもっとも古い形象は回顧である。

息絶えるバイソンの首に特有の筋攣縮は後弓反張（*opisthotonos*）と呼ばれる。

死にゆくバイソンは、後ろにのけぞるように見える。

実際、バイソンは死ぬのだ。

のちに、後ろを振り返るかのようにのけぞる首の至点となる折れ目に、生贄はナイフを突き立てられた。

レイヨウやアイベックスにおいては、肛門から出て、鳥が上に乗る糞便のほうに向けられるまなざしによって、死にゆく冬が春を生み出すことが予想される。

時間性の強い気候は、その源である死によってなんと突き動かされていることだろう。

〈時間〉という人食い鬼は、植物も動物もむさぼり食うので、大地を砂漠にしてしまい、すべての家族とすべての住人をそこから絶やしてしまう。

狩人が狩りをし、世界が小さくなる限り、時間という動物の腹はふくらむ。

その腹は突然はち切れ、生み、排泄し、投げ出す。春を、新しい植物を、動物の子たちを、そして時間という〈野獣〉がむさぼったすべてのものでふたたび世界を満たしながら。しかし、わたしは肩甲骨のかけらに刻まれた、取るに足らない情景を拡大解釈する。忘れないでいただきたいが、わたしは確かなことはなにも言わない。わたしは、自らが誕生したところの言語に残余を差し出させ、その残余は読書と夢に混ざり合う。確かである唯一のこと。神秘的な物語はそこで集められる。これらの切れ目、これらの色素、これらのふっくらとした手のなかで、イメージからつくられる夢、ことばからつくられる物語を同時に思い浮かべながら。

＊

突然、森が後退する。氷塊が溶ける。山々がそびえ立つ。われわれは金切り声をあげる。

ギュンツ氷期（günz）、ミンデル氷期（mindel）、リス氷期（riss）、ウルム氷期（würm）が現れる〔更新世の四つの氷期。人類の出現した時期で、約二五八万年前から約一万一七〇〇年前の期間にあたる。およそ氷河時代に相当し、氷期、間氷期を数回繰り返し、古気候、海水準の変動、生物群の変遷、火山活動などに著しい特徴がある〕。

森は氷河に続いた。群れは森に続いた。腐肉をあさる動物たちは動物の骸骨に続き、その動物の骸骨は群れから脱落したものたちであり、その群れとは森に続いたものたちであり、森は氷河に続いており、氷河は山腹の洞窟をくり抜いていた。

なにがわれわれを導くのか？　われわれの前に広がる虚無。

虚無、それは夢見る人が夢のなかでそうするのが好きなように、われわれが侵入する裂け目である。

＊

われわれは、時にわれわれが現代《アクチュアリテ》と呼ぶ更新世の間氷期をつねに生きている。
一八九五年二月のマラルメの言葉——現在というものはない。
自分は自分自身の同時代人だと思う人は、知識がないのである。

34（境界まで *Ad finem*）

興味深いことに、わたしがある世界を懐かしむということはまったくなかった。古代であった時代に住みたいという欲望を抱いたこともまったくない。目録、利用できる本、打ち砕かれた理想、恐怖の堆積、博学による厳正さ、研究、化学、明晰さ、明瞭さの現在の可能性から、わたしは離れることができない。

地上の自然の情景が、こんなにも稀になり、胸を刺すものであったことはこれまでなかった。自然言語がその無意識的な実質において、ここまでそれ自身に明らかになったことはこれまでなかった。

過去がこれほどまでに偉大で、光がより深く、より冷淡であったことはこれまでなかった。山の光、あるいは深淵の光。陰影がここまで際立っていたことはなかった。

35　（時間の泉 *Fons temporis*）

小川をたどる人間たちや、その上を飛ぶ鳥たちや、小川を縁取る花々よりもずっと前から、曲がりくねる小川は存在している。秘密の伝統は有史時代までさかのぼりはしない。秘密の伝統は、媒介なく、歴史を超えて、時間の泉のなかで、それ自身の分配の秘密からふたたび現れるのである。

36 （水銀）

水銀は堅く、高密度で、とらえどころのない金属である。

ただ現実のみが、より堅く、もっと穴が空いていて、より欠けており、より有性的であり、途切れがちで、死にゆくものである。

書くことは話すことよりも現実により近い。

書くことは水銀よりも堅い方法である。わたしは、打ち明け話のそれぞれによってわたしからより遠くの闇のなかに押し戻される人を戻ってこさせる、それほどまでに、呼ぼうとするすべての行為は役に立たないのだ。

37　事後

過去は事後にしかつくられない。

ひとつめの環につながりをつくるのは二つめの環であり、この二つめの環が、二つの環の隔たりに歳差を加えながら、ひとつめの環の性質をつくりあげる。

過去という次元は回顧的に開かれるが、だからといって現在が存在するというわけではない。世代の連続において、性に関連して言うと、泉はいつも欠乏状態（*in absentia*）であり、現在は生まれかかったものではあるが、受胎ではけっしてない。われわれの誕生日はけっしてわれわれの原初を祝っているのではない。

＊

古代ヘブライ人たちがバビロンに国外追放されたというバビロン捕囚は、紀元前五八七年から紀元前五三八年まで続いた。

厳密な意味で、ユダヤ教は捕囚後のことである。

二つの時間（temps）のあいだの関係が時代（temps）である。

事後性が時間である。

追放以前と追放以後とのあいだに引き裂かれたあとでしか、最初の男が裸でいるのを見られなかったように。ヘブライ語は紀元前五三八年の勅命ののちにしか失われなかったように（一九四八年に国語として戻ってくる前）。回帰が、回帰自体のなかで失敗することも起こるように。人間の時間は不可逆的な苦しみを知っている（喪）。概念の事後性における人間の時間は、不可逆的な主の公現を知っている（誕生）。交接の後は胎児の後とは一致しないし、胎児の後は誕生後とは一致しない、誕生後は楽園時代の後とはとくに関係がない。このようなものが、時間の奇妙な構造である。

＊

書くことで、言語は文脈の外に置かれる。音を断片化してしまう文字によって音を記すことで、狩猟の世界、そして群れに特有の力関係にすっかりひたったことばをもぎ取ってしまう。書くことによって隔たりが生まれる。書くことは、それまで区別なく継続していた対話を分離する。文字は執行猶予であり、延期であり、安息の時間であり、終身の、あるいは偽りの、あるいは嘘つきの、あるいは幻想的な、あるいは虚構の別世界である。書くことで、シンコペーションが生み出される。シンコペーションをつくり出すということは、言語が引き延ばし（*temporisation*）と呼ぶ、この時間性の前もっての可能性を措定している。人間は、空間においてと同じように時間においても引き下がることができる。人間は「時間の距離」について交渉することができる（順序、幻影、ドラマ、祝祭）。人間は、時間を差し引く道具を使って、強迫的なじりじりした気持ちを癒すことができる。楽しみを移動させることで、その楽しみが増すように時間稼ぎをすること。楽しみを強調するために期間に印をつけること。赤くなるまで待ち続けること。瞑想すること。禁欲を行うこと、あるいは恍惚を得ること。

時間は、すべての時間性を思いのままにできる。

*

ハデヴァイチ〔一三世紀ブラバント公国の女性神秘詩人〕が言うには、聖書の上、創作されたものすべての上で、意味を失った精神（l'esprit-qui-perd-le-sens）が少し一巡りしてみれば、その喪失の根元に失われたものが見出される。

幻影《ヴィジョン》、そして読書、それから驚嘆。

読書になった幻影。

幻影、読書、そして驚嘆は、惑星群の輝く親密さを見出す。惑星は文字ごと、原子ごとにさまよい、全速力で伝達する。

媒介なく（*sonder middel*）、

それらは突然輝きだす。

38　プラエセンティア（*Praesentia*）

その日、わたしは現在を理解するのをやめた。

なぜ、ほとばしるという動きからもぎ取られたほとばしりのかけらは、目印であろうと主張するのだろうか？

現在――プラエセンティア（*Praesentia*）――わたしはもはや、それについて考えることすらできなかった。思考そのもの――ノエシス――が現在についてなにも考えていない以上は。ノエシスは跳ねること、つかむことの一部なのだ。それは往古である。それは失われている。欠乏しているものとしての失われたものを渇望しながら失われる。それは空腹を穿ち、その夢を「一日延ばしに」し、幻覚を広げ、待機の時間を稼ぎ、「見張り」の内部で「はずみ」を動かなくさせる。

二番目のことは考えない。時間の膨張には、むしろ一日の、ひと晩の、一週間の、季節の、妊娠の、子ども時代の、成熟の、堕落の、後悔の、プログラム細胞死の、焦燥の、欲望の規模がある。

現在と呼ばれるものは、あらゆる神話に見出される幻想である。それは、胎生動物を通して、原初の過去に送られる。

それは、何千年も前からもはや存在しない毛皮の思い出にしがみつく、生まれたばかりのものの閉じられたこぶしである。

＊

変化したものと変化しつつあるもののあいだの関係は、切れ目なく、持続性があり、つねにリズミカルで、つねに対になっていて、過去をゆっくりと目覚めさせながら、完全なフレーズによってしか、また全体のリズムによってしか訪れないものを飲み込んでいく。断片や原子ごとよりもむしろ、章ごと、物語ごとに過ぎゆき、死んでゆくものを残しながら。

＊

存在することと考えることは同じではない。パルメニデス〔紀元前六世紀に南イタリアのエレアで生まれた、古代ギリシアの哲学者。エレア派の始祖〕のギリシア語において、それらは同じ（*to auto*）ではない。キケロの翻訳において、それらは同じ（*idem*）ではない。現実を、存在として、象徴不能として、表象不能として仮定すると、考えることは同じではない。

同じ（*idem*）でないものが変化したものとしての時間。

時間は同定することができないものである。

＊

もしも、知覚というものが真に現在をつかむことであるのなら、現在は時間の範疇であるため、われわれは継続も速さも知覚することはできないだろう。

狩猟と事後的な伝達とはほとんど違わない。

ことばから成るあらゆる物語（系譜学、歴史、社会学、宇宙学、地理学、生物学）は、そこにないものをここに来させるために過去を推定することにその本質がある。存在（présence）という単語は、性以前のものと関係があり、いまだ子宮というかつての家のノスタルジーであるような、そばにいる存在を意味する。

ラテン語では、方向転換（*contrectatio*）。

英語では家に帰ること《ホーミング》。

＊

生まれたものは、その起源とは同期していない。

遺跡と発掘には同じ顔がある。その起源を前にした子どもであろうと。自然を前にした物理学者であろうと。放棄はわれわれをけっして放棄することはない。

わたしは無限の遺跡の、見捨てることのない発掘について言及する。

＊

死が現出する時間、空腹によって幻覚に苛まれる時間、欲望によって妄想する時間、夢の時間は、慢性的な埋め合わせ（*Ersatz*）を定義する。埋め合わせの時間において、過去はまもなく自己を失って戻ってくる。それはそこにあったのだ。「きみに誓うよ。そこにあったんだ」。存在していたところの時間よりも前の〈そこ〉が、世界を溶かしながら存在する。

＊

原初（originel）には、即時と過去という二重の側面がある。現在（présent）には、存在（présence）がない。

ユートピア（*outopia*）。

どうしてそれは存在し得ないのか？

なぜなら、それはかつて存在したからである。

子宮の場所とは、場所なきこの場所である（地上のものではない、このポケット）。それでも、場所なき場所で、われわれすべては生きたのである。われわれの身体が措定する光景がユートピア（*outopia*）である。それは、われわれが目で見ることができるようになって以来、見ることのできる世界のどの場所でもけっしてなかった。それでも、われわれはその光景に端を発し、そこからやって来る。

*

性なるもの、分裂。原初の深淵。あらゆる時間、あらゆる場所が引き裂かれる作用（œuvre）。ひとつの顔はふたつの唇を持たねばならない。

裂かれる唇。裂かれるページ。

*

範疇（*dimensio*）としての時間は、隔たり（*distentio*）としての時間のうちの二番目の時間である。時間は、この継続的なつながりになる。このつながりは、隔てられ、ことばによって分離され、そして対立させられた出来事や物体をひとつにすることを可能にする。

　結び合わせるものとしての時間は、大気圏の生において、生物学的なフラストレーションに対応する。そのような時間は、必要性あるいは欲望と、報いあるいは享楽とのあいだの多かれ少なかれ計算可能な距離として獲得される。*Capere* とは取るという意味である。それは、人間がそうであるところの、捕食者の模倣者としての捕食者にとって、より広い *Ceptio*、すなわち捕獲である。幻滅において、感覚を通して－捉えること（per-ception）は、先に－捉えること（anti-cipation）の助けであろうとしていることを汲み尽くす。つねに問題になるのは、持ち、つかみ、握り締め、引き留める手でもってつかむことなのだ。つねに重要なのは、手でつかみ続けていること（maintenance）である。

＊

現実とはなんだろうか？

ことばによって名付けられるやいなやだまってしまう外側の世界の極をなんと「名付けようか」？

それは、一月のはじめ、カルナック列石〔フランス北西部、ブルターニュ地方のカルナックにある巨石遺構〕の東でのことである。

雨が降っている。

わたしの目の前に——ブルターニュの雨のなかで見える限りにおいてであるが——減水した川が残したプラスチックと鉄のみじめな跡が見える。

時間は現実のなかには宿っていない（土手の、なにもない干上がった部分には）。時間とは、潮汐、あるいは増水なのである。この世の現在とは、原初の岸辺ではない。この世とは、時間を悔いる風景なのである（時間的な回顧の *regressus* chronique）。

この世を、現実の後悔と定義することさえもできる。存在の「回帰《ノストス》」。

言語により、もはや事物がかつての姿ではないということが示される「そこ」とは、昔ながらの「ここ」ではない。

現れるという事象の起こらない風景は、顕現的な世界が含まない風景である。それは、共時的なものとしての時間によって分断されることのない風景である。それは、身体がいまだ無視している大気が、二つの極性のある記号という形体としては分節しない風景である。

39　夜なのに（*Aunque es de noche*）

十字架のヨハネ。
わたしは、流れ、続いてゆく泉を知っている。
この隠された泉で、天と大地は吸い込むのだ
い、い、い、
夜なのに *bien que ce soit dans la nuit*。

40　夢

最初の旅とは生まれることである。暁の夢は旅である。子宮と光のあいだの行き来。往古と今との行き来。

　そして瞼が開かれる。目が開かれるのだ。

＊

目覚めているあいだ、脳の活動はしばしば速く、大部分において同期しておらず、もつれていて、言語的である。

　われわれが眠りのなかで気を失っているような生において、二つの時間が激しく交代することがある。一、深い眠りのあいだ、脳の活動はゆったりとしていて、速度は遅く、同間隔で起こっている。呼吸のリズムや、心臓の鼓動、筋肉の活動は段階的に鎮まってゆく。これらのリズムは、死がもたらす減速の境界に近い。二、レム睡眠においては、速度の遅い波動は消え、脳の活動は非常に速くなり、完全に不規則なリズムになる。覚醒時においてよりもいっそうリズムは不規則で、両目はあらゆる方向に動き、ひと続きのイメージを見る。外陰はゆるみ、ペニスは屹立する。息遣いは速くなる。

人間における休息とは、かくも死に似た、ふたたび同期に戻るための状態なのである。

*

魂に固有の悲劇的な価値とは、遅すぎるということと事後的であるということとである。

傲慢で、兄弟で殺し合うわれわれが楽しむことはほとんどない。われわれは夢見も悪い。

『ヨブ記』を読もうと、プタハホテップ〔紀元前二五世紀後半から紀元前二四世紀初頭のエジプト第五王朝の時代の古代エジプトの統治者。『プタハホテップの教訓』を著した〕を読もうと、暁の世界は古色を帯びている。

盲目のオイディプスは足を引きずり、さまよう。

英雄的な価値。われわれは泉のように原初のものであり、火山のように噴火し、生まれたての赤ん坊のように血にまみれている。われわれは欲望を持ち、あらゆる世紀、あらゆる時に渡ってトロイ戦争をふたたび行う。刻一刻とすべてが新しくなる。めぐりくる春はいっそう美しい。花々は、鳥たちと同じように、時間がめぐるなかでもっとも意表を突き、そよ風に吹かれて恍惚としている。

*

熱に浮かされた、あるいは不安な思いによる内的な興奮、いかにも性的で狂気に満ちた脱同期化、死にかかわる虚無的な再同期化、空っぽの頭蓋骨、欠如したイメージ、これらのものは、さながら時間の装置である。

大気の外の世界に、速度の遅い波の段階が呼応する。その段階とは、深い分離の、ほとんど昏睡の、前世の内的な夜にかかわる段階である。言語的な、また共同体の対立、生命にかかわる性的な紛争は、まったくの共時態、低い頻度、大きな規模の揺れにまで退行する。その揺れは、〈地獄〉の入り口でまさに行われる。

＊

古代オーストラリア人の神話において、洞窟に入ること、死ぬこと、眠ること、男根（*phallos*）になることは同じ活動を意味する。

英雄たちは、夢の人々、男根的存在、つねに由来する者、あるいは *Ljata nama*（〈今〉存在している）に対立する *Inanka nakala*（〈かつて《ジャディス》〉存在していた）と呼ばれる。

対立は極性のものであり、時系列でもある。〈存在している〉の時間は、それが由来する〈存在していた〉時間に源を持つ。沈黙の世界があり、その前に興奮の世界がある――肺の欲動とペニスの欲動の世界があり、そののち緊張するか、あるいは弛緩する。〈存在している〉において〈(複数の）存在していた〉は〈複数の存在〉（les Sont）の後ろに位置し、〈複数の存在〉はその両極の世界をつねに夢想するまでに極の性質を持っている。なぜなら、〈存在していた〉には、〈存在している〉に欠けている意味

（興奮）があるため、短い物語《コント》と神話を区別することはできない。オーストラリアの「昔々あるところに」（Il était une fois）、は「存在していた－存在していた」（Était-était）ということである〔作者によれば、われわれの身体というものが、（存在していた）原初の欲望によって興奮した、われわれの前に（存在していた）二人の存在のあいだの抱擁の果実があるということ〕。これは夢の時間であり、興奮した存在の時間であり、つねにまっすぐに立っているトーテムの時間だ。あらゆる神話の筋立ては、床について眠る人間によって終わる。

つまり、暴力のなかに立ち入り、逆説的な若さのなかにとどまる英雄である。

＊

『オデュッセイア』の第五歌は次のように始まる——ファイアケス人の島の浜辺で、オデュッセウスは裸でおり、難破によって疲れ切って眠る。

第一三歌では、ファイアケス人たちが導くのはいまだ眠っているオデュッセウスである。

ナウシカア、饗宴、歌などは、夢でしかなかった。

興奮状態の時間を、日常の時間と対立させなくてはならない。ふくよかな状態で、飢えている時間。幻覚を起こさせ、欲望し、欠如しており、呼びかけ、歌い、真ん中でゆるんで同じように引き裂かれる時間。あらゆる方向に、どんな方法であれ、じっと動かない状態で反復を対立させること。

＊

夢は、共に存在することが難しいときに、共－存在を必要とする。

存在している夢。存在しながら、夢は不在をもたらす。

*

聖パウロは書いた――時間の先端は予型（*typos*）や原型（*antitypos*）のように向かい合っている〔『旧約聖書』のうちに、『新約聖書』、とくに救世主イエス・キリストおよび教会に対する予型（*typos*）を見出す解釈法を予型論的解釈と呼ぶ。キリスト教では『新約聖書』、キリストの方が原型（*antitypos*）であり、『旧約聖書』に示された雛形が予型（*typos*）である〕。

ラテン語で、聖パウロはおそらく次のように書いた。東と西は、記憶のなかでは、イメージ（*imago*）と演説（*sermo*）のように対立している。

無意識的なイメージと、幻覚を起こさせる声とのあいだに最後の王国がある。

つねに互いにずれている二つの極のあいだで、それ自身として休みのない緊張。

深淵としての時間。

緊張、ずれ、関係、「即席の」対立が促され、この審級は存在論的な範疇（現実）において具象化され得る。それについて、わたしはなにもすまい。この対立する二つの極の関係は、人類の歴史よりも重大である。この関係は宇宙の爆発に属し、まさにこの爆発によって、宇宙は空間のかたちをした虚無のなかで膨張しながら引き裂かれるのである。この審級を、動かない点や、安定したままとどまっているリファレンスであるかのように参照することはできない。どんな方法によっても。わたしは、哲学的な神話化において、時間の三つの範疇を放棄する。言語的な時間の二つの範疇は絶え間なく緊張下にあり、対立関係にある。その二つの範疇は即座に、中断なく、引き裂く。それらは終わりなく、死という隔たりを出発点として、ずれてゆく。平穏さはない。

発言すること、「わたし」と言うこと、間を置くことは同じことである。そのことをギリシア語の言葉で言うと次のようになる——意識は、内在化された言語の母音の発生とは区別されないので、意識主体照応性《ロゴフォリー》（*logophorie*）は時間性の表象《クロノテーズ》（*chronothèse*）をもたらす。話す審級は、「わたし」という機能においてことばを捕らえながら、二つの項を持つ対話にことばが戻ってくる発言の時間を自ら指向し、指し示す。

「厳密な意味において」（*strict sensu*）という審級は、したがって、口頭の審級を取ることでしかない。「わたし」と言うこと、それは一瞬でなされる。しかし、この審級は長い。息吹がわれわれを吹き抜けた日に至るまで、大気圏で一八カ月を少し越えるほどである。

審級が長いのは、それが即座のものではないからである。非－共時。非－重ね合わせ、流れ、遅れ、けっして原初ではなかったものの残り。

＊

終わりなき、エデンの園の失墜の残り。

まったく今、今でさえ、九カ月に加えて一八カ月の内実を持っている。

＊

燃えながらでしか、炎は運ばれない。

＊

絶壁（ギリシア語では問題）の頂上に、虚無（ギリシア語では深淵）が突き出している、アフィントンの記念碑的な馬〔先史時代にさかのぼる、イングランド最古の地上絵。長さ一一〇メートル〕。

41　アフィントンの馬について

時間とは、ギャロップで駆ける馬である。

いかなる人間にも時間を止めることはできない。というのも、時間は死に向かって駆けてゆくのだから。

昨日に到達するために、みな今日出発する。

到着しないということに到着するのが問題なのである。

42　習慣性について

依存とは、かつての快楽への抑えきれないノスタルジーである。できるだけ早く刺激を得ようとする身体の熱意である。好んでいた喜びの唐突さを繰り返し、フラッシュの、代用（ersatz）の、四肢、身体、頭蓋骨を貫く稲妻の時間的な効果をふたたび見出さねばならない。快楽の侵略。激しくも恍惚とさせる情熱があり、それは人間を支配し、最も古い時間の魅力を定義している。

＊

神話の時代（語り部が物語の舞台としているような時代）は、完全なる無秩序と極度の豊かさからつねになかば距離を置かれている。

＊

神話の時代とは、歴史に固有の、原始の光景である。
暴動。
嵐に近い革命。
踏み込めない森。
彼らの失墜の前日の、エデンの庭。
時間の歩み。

43　フラオー伯爵夫人

フランスの文学史において、フラオー伯爵夫人〔作家、モラリスト（一七六一―一八三六）。サロンを主宰。フランス革命が社会、および文学のモデルを一変させた時代に、小説において日常的な感情をきめ細やかに描くことを重視した〕は一八世紀のノスタルジーといえる作家である。

スーザ女男爵の名で、彼女は、恐るべき一八世紀をまたたく間に黄金時代に変えた。

アンシャン・レジームを楽園へと変容させたのである。

彼女はモルニー公爵の祖母であり、ミシーの曽祖母である。コレットは、ミシーを抱きしめながら、スーザ女男爵の一部を腕に抱いたに違いない。

一七九三年にロンドンで出版された『アデル・ド・セナンジュ』の最初の行――わたしは、人生において見えないものを、ただ描きたかった。

44　喜びのハンカチーフ

一二六二年の戦いの終わりに、ブルゴーニュ公爵は宮廷の男爵たちみなの前でヴォードレ騎士の栄誉を称えた。ブルゴーニュ公爵はヴォードレ騎士に、馬に乗った自分の弩《おおゆみ》射手の部隊を与えた。その部隊は、ブルゴーニュ公爵の軍隊のなかで最も機動力があった。冬のある日、部隊はヴェルジーの城塞〔一一世紀にさかのぼる、フランス・ブルゴーニュの要塞〕で宿泊した。弩の射手たちは、みな商人や農民の家に宿を見つけたため、自分たちの夜を得るのに町の人々を恐怖に陥れて脅す必要はなかった。ヴォードレの騎士と、彼の部隊の二人の男たちは、宿にありつくために要塞に登った。夫が不在であったが、ヴェルジーの城主夫人は彼らの求めに応じて渋々泊めてあげることにした。ヴォードレは、冷淡なもてなしを受けて無愛想に礼を言った。そして、城主夫人と騎士は互いに顔を上げた。そうしようとしたわけでもないのに、彼らは見つめ合い、驚き、互いに恋に落ちた。騎士の付き人たちが夕食の準備をしてもらうために忙しく立ち働いているあいだ、二人がこらえることができず、互いへと向かわせるこの視覚的興味のことは、別の機会にと諦めた。夜の帳が下りたとき、もっとも城主夫人はヴォードレ氏を拒んだ。ヴォードレは彼女を階段で抱きしめようとしたのだった。騎士の性器は硬く、ヴェルジー夫人は布地の下に確かにそれを感じた。

彼は腿を押し付けてきた。しかし、彼女は彼に言った。

「夫は不在でございます」

騎士は片手を挙げた。彼は、自分の体のいかなる部分も彼女のなかに忍び込むことはないだろうと誓いの言葉を述べた。彼女はふたたび拒んだ。すると、彼らは向かい合って下半身だけ裸になり、指で快楽を味わった。伯爵夫人の足の下に、突如として大きな水溜りができた。

公爵夫人は一枚のハンカチーフを取り出した。彼女は身を拭った。そして彼女は自らの手を、ヴォードレの手を、そして彼の性器を拭った。

騎士はふたたびこのハンカチーフのなかに射精した。

二人は身を寄せ合って眠った。夫人は、自分のしたこととしぐさを確かなものにしようと、眠りのあいだじゅう、このハンカチーフに包まれたヴォードレの性器を握っていた。暁方、彼はふたたび射精した。彼は彼女の元を去った。ハンカチーフはごわごわになり、得も言われぬ匂いを発していた。ヴェルジー夫人は喜びのハンカチーフを別のハンカチーフで包み、その上にピンク色の糸でVの文字を刺繍し、ドレスの内ポケットに仕舞い込んだ。それから二カ月して、彼女は階段で転んで死んだ。

45　グリーズと呼ばれた女の物語

タファがタヒチの主君になったとき、グリーズと呼ばれる姫君を娶った。長い黒髪が彼女のすらりとした身体に沿って、足まで届いていた。彼らは互いを知った。二人は愛し合った。タファが出発すると、姫君は死んだ。

タファは旅から戻ってきた。砂浜で、グリーズが死んだことを知った。彼は、妻に合流するために、すぐさま死者たちのもとへ赴くことを決めた。喉をかき切った。タタアへ向かった。そこはウポルからはおよそ二〇マイル離れたところにあり、魂が天国へと出発する前に待ち合わせをする場所だった。パエラで、彼はすでに妻がロチュイ山にいることを知った。彼はロチュイ山へと急ぎ、頂上によじ登ったが、そこでも、妻がすでに発ってしまったことを知った。彼は勇気を失わず、丸木舟に乗り、今度はライアテラに到達し、テメハニ山にはい上がり、二つの小道が分かれている場所に着いた。タファは、小道の通行を監督しているチュタに話しかけた。グリーズはこの場所を越えたのでしょうか？　彼が大いに安堵したことには、チュタは彼にいいえと答えた。チュタの話によると、彼女は断崖の上から身を投げて飛び立つ前に、茂みに隠れて力を養っているはずだということだった。

すると、タファも身を隠した。息を飲み、待った。ふたたび息をしようとしたとき、動く茂みの音が聞こえた。それが自分に話しかけている神だと彼は理解した。そして、しゃがんだ姿勢を取り、目を大きく見開き、跳び上がる準備をした。まもなくして、彼は目の前に、背が高く美しい、妻の立ち姿を見た。彼女は岩に飛びかかった。しかし、〈生命の石〉から飛び立つ前に、タファは空に向かって驚異的な跳躍を行い、髪の毛をつかんだ。彼女の髪の毛は果てしないほど豊かだったので、両のこぶしをもぐりこませて、彼は髪の毛をつかむことができたのだった。グリーズはもがいたが、夫は彼女をしっかりとつかみ、〈生命の石〉の上で抱えた。このあいだにチュタが駆けつけて、グリーズに、あなたはまだこの世を去るときではなく、むしろ戻るようにと説明した。すると、グリーズは振り向き、彼女の髪をつかんでいる男が誰なのかを発見した。

「あなたなのね、タファ！」、彼女は言った。

そして、彼女は夫の首の近くに頭を寄せ、目を閉じた。彼女は満足してのどを鳴らした。彼らは茂みに逃れた。彼らは生き返った。この世の果てで暮らしていたので、あらゆる社会生活、家庭生活からは遠く離れていた。互いに、喜びで満ち溢れていた。彼らは愛し合っていた。手を取り合い、虚無の最果てまで、断崖に沿ってさまよった。

46 (源へ向かう男)

源へさかのぼろうと、大河の岸を沿ってゆく男たちがいる。彼らは山々をよじ登る。孤独な獣たちに出会う。素晴らしい女たちを発見する。彼らは、非常に高貴な、静かで大きな猛禽類の仲間であると言い張る。世界の最も高いところで、細長い丘陵に月と太陽を連れ込み、——そして、切り立った岩々のあいだに突如、獲物たちを埋めそれらを血で覆うための恐ろしい花々を生み出す。彼らは胸を引き裂くような光景を監視する。彼らはアイベックスや熊が立ち入れない洞窟のなかで生活する。彼らは天も、夜ももはや恐れることはない。

大半は、大気の流れにしたがって漂うままになっており、海に沈んで突然戻ってくる。それは太陽が年に二回戻ってくるかのようである。

男たちは逆流する。

遠心的に逆流する男たちがいる——流れ込む大河が存在するように。原初から、焦点が定まらない男、祝祭嫌いな男、社交的でない男がいる。山男。鹿男。源男。

47 （輪舞《ロンド》）

ニーチェは鮭男だった。実際の日付よりも前の日付をつけ、退行し、星々が欲するように永遠に回帰してゆく。

太平洋の鮭は、産卵し、卵に精液をかけ、死ぬために三二〇〇キロまでさかのぼる。

前人類的なお返し、ノスタルジーが、時間の向きを変えさせる。

なぜなら、贈与、過去である現在、そういったものは輪舞《ロンド》だからである。

究極の輪舞とは、魔法のトランス状態である。音楽はことばから時間を奪い、時間が由来する線形性に帰着するものと、割り込んでくる死に至るものとを時間から切り離す。輪舞は過去を前に創出する。

音楽とは、回帰が可能になる時点まで、過去を回転させるものである。

独楽《コマ》、車輪、イアンクス、うなり木〔ブルオアラー。アフリカ、北米、南米、オセアニアなどで多く使われる楽器で、へら状の木片の一端にひもを結び振り回して音を出す〕、ボビン、糸巻き、糸車、音を発し、軸の上でぶんぶんと音を立てるすべての回転。

地球の回転。

トランス状態のめまい。

＊

ハテラス船長〔一八六六年に出版された、ジュール・ヴェルヌの小説『ハテラス船長の冒険』の主人公〕は、暁のように、極性の狂気に襲われた。鮭のように。黄道帯を動く星々のように。

自らの前をまっすぐに歩き、自らを目指し、スタン＝コテージ通りのほうに後ずさりしながら、ハテラス船長が行ったのは北方へ向かう通過の儀式を伴う退行そのものであった。

＊

悲しみが頭のなかで耐え難いほどになると、人間は粗野であることをやめさえする。彼らの唇に慎みが浮かび、彼らは口をつぐむ。

48 ハッピーエンドについて

行きと帰りの矢印が、狩人がそれに気づく前からすでに彼につきまとっている。的を射るのはたいそう難しい。自らの道を見出すのもたいそう難しい。

古代中国では、神話は糸のついた矢印でいっぱいである。

オーストラリアや北アフリカにおいては、ブーメランから切り離された二つの発明品があった。猟犬のように、狩人の足元に戻ってくる武器。

旧石器時代の洞窟のなかで、首が引きつったバイソン、子鹿の後方へのまなざしは太陽の回帰を促す。狩りに出かけること、殺すこと、戻ってくること、獲物を運びながら中心的なグループに自分の狩りについて語ること。

根本において、狩りの概要は三つの要素から成る。というのは、殺すこと、戻ってくること、語ることとは同じだからである。語ること、それは勝ったということ、生き延び、戻ってくるということだ。それは、証明として、よそ者としての死んだ獲物に加えて、語るべき物語までを携えて狩りから戻ることである。

シャーマンたちの問題は、非常に遠くまで、無限に遠くまで（麻薬、死の危険まで有するトランス）旅をすることではない。シャーマンに提起される問題は、戻ってくるという問題なのだ。助けが、目印が、イノア〔ハワイ語で「名前」を意味する〕が、鳥の添木が必要である。

狩猟においてはシャーマンにおいてと同様に――それらは、社会的人間における最初の二つの特徴であるが――、来た道を引き返す助けが必要なのである。

*

神話の最後のシークェンスの、最後に現れるメンバーは、必然的に前向きである。この規則に例外はない。あらゆる物語は生き残りを想定している。これがハッピーエンドという概念の原則である。この原則は悲劇的だ。試練をみなに語るためには、試練から戻ってこなければならない。もしも捕食者を飲み込んだのが獲物だったら、もしもシャーマンが自らの恍惚あるいは痙攣のなかにおのれを失ったら、もしも種が絶滅したら、もしも国が滅亡したら、物語もなければ、語り手もいない。

物語が犠牲者たちにとって悪い終わり方をすると言われることさえない。物語は語られさえしない。

物語の最後は、証明されたことを伝えることである。（狩猟においても同じであり、シャーマンのトランス状態にとっても同じであり、精神分析についても同じ。）

戻ってきて語ることのできる力（pouvoir-revenir-dire）に対立するものはなにか？　死（あるいはトランス状態の場合における狂気）。

狩りを終わらせ、競争を終わらせ、戦争を終わらせるのは、偉業の達成でもなければ、戦いにおける勝利でもなければ、仕事をなし遂げることでもない。終わり、それは戻ってきて伝えること（revenir-dire）である。

美と深淵を、悲しみによって区別することはできない。

＊

三つの時間が有機的につながる。試練、帰還の半円、試練を経たということを確固たるものにするグループの内部への伝達。

だから、伝達の時間はつねに過去なのである。（それは、伝達のなかで力を持つ試練の時間ではけっしてなく、グループに戻ってきた後の、グループ抜きでの、経験したことの伝達の時間である。）

命題一。なぜ、あらゆる語り《レシ》は不幸によって始まるのか？　なぜなら、あらゆる語り《レシ》は死の物語をもたらすから。動物の死であれ、人間の死であれ。

命題二。なぜ、あらゆる語り《レシ》は幸せな結末で幕を閉じるのか？　あらゆる物語は、一種の魂の高揚で終わる。なぜなら、殺した喜び、いまだ生きている喜び、伝える喜びは区別できないものであるから。

49　旧石器時代の罪悪感について

胎児は母親を食べる。

狩人は野獣を食べる。

旧石器時代の罪悪感とは、自分よりも強く、自分よりも生命に溢れているものを食しているという過ちの、漠然とした感情である。

狩りの血でまだ手が汚れている状態で、死に至った獲物の復讐を恐れる。

われわれは獣を食べる。「悔恨＝ふたたびかみつくこと」（re-mords）は、他者である肉体をひと噛みするごとに芽生えていく。

残骸食、肉食、人肉食。人間は過去を食べる。

人間は、過去から往古へと飛ぶ。

＊

「かつて、人間はまだ動物だった」という文は、「自然言語以前には、獣はまだ人間の反対のものではなかった」ということを意味している。獣は獣ではなかった。かつては、どちらも区別されていなかった。料理もなければ、交換もなく、結婚もなく、葬儀もなかった。読むことのみがすでに存在しており、読むということの実践が世界を支配していた。すべての残骸が語りかけていた。それらは、おのおのの放浪の目と鼻の先で、そのときそのときの現在にとっての不在を同定していた痕跡だったのである。

*

絶え間なく、二つの時間が時間以前のただなかで刻まれる。〈来る〉の「到着《アドヴエントウス》」の中心で。〈到着〉のさなかに。歴史以前の、先史時代。われわれ自身の心より前の、母の心。

静かなる二つの生が、ことばの獲得に先立っている。絶え間なく、時間の構造は非歴史的な圧力にぶつかり、移動する。絶え間なく、文化の不安定さは種の起源としての動物性によって引き裂かれる。絶え間なく、危険な境界は移動する。その境界線とは、戦争が絶え間なく行われ、埋まっているものすべてが爆発し、食べるものすべてが吠えたて、抑制されているすべての筋肉の動きや感覚の焦燥が異議を申し立てるような境界線である。

「現在の自分になるために、われわれがかつてそうであったものをつねに失っていくこと」は、知られざることとしてわれわれを引きずっている。あるいは、拒まれたことのようにわれわれを苛んでいる。アイデンティティーが、役割が、錯覚が、意識が隠してしまう「絶え間なく知られざること」は、視覚の盲点であり、あるいはむしろ、視覚の、捕食の、そして、語りの探求、動物としての探求、人間としての探求の前段階にあるものである。われわれの運命につきまとう、憂慮すべきでつねに飢えた活動を、われわれは続けていく。時に、最上の場合においては、この心配すべき衝動的な渇望はわれわれの生を貫き、日々を荒廃させる。魂の奥底は、対にもなっていなければ同一でもなく、否定的でもなく、分別があるというわけでもなく、方向性が定まってもおらず、叙述的でもなく、前進的でもなく、象徴的でもない。すべてはまず円になって回る。天のように、星々のように、物体のように、生命のように、自然のように、性のように、季節のように。真の「自身《セルフ》」でさえ、誤った「自身《セルフ》」なのである。ありのままのきみになれ。でも、そうならないといけないというものはなにもない。われわれは、ことばが指し示すなにものでもない。よくても、「かたちをなさないもの」、空腹、「変容《メタモルフォシス》」、質問、好奇心(*curiositas*)、大胆さ、緊張、跳躍する、出発する、外へ出る。

＊

マルクス・アウレリウスは次のように書いた——ひとつには太陽の光がある、壁の仕切りや、木々の枝や、山腹によって遮られるけれども。ひとつには、夢や、幻覚や、固有名詞や、人間の言語によって分離される実質がある。

＊

ことばは、組織的で、攻撃的で、二元的で、二項対立的なその狂気によって、ことばごとに違いを対立させながら、違いというものを変容させた。

生命力は秩序に対置され、女性は男性に、母親は子どもに、赤は白に、血は精液に、肉は骨に、誕生は死に、子宮は墓に対置される。

注釈。対立からなる言語は、もはや区別しない。すべてを対置しながら、言語はすべてを二項対立化する。すべてを切り離しながら、言語はすべてを象徴化する。すべてを象徴化しながら、言語はすべてに葛藤を引き起こす。

言語によってわれわれは、二つの時間と二つの性と二つの世界を持った被造物であることをやめる。そして、二つの時間が対立し、二つの性が羨望を抱き合い、二つの世界が敵対するところの存在となる。

われわれは、二つの時間を持つ対立そのものの餌食になる。そこでは、二度、二つの血縁関係を結ぶ二つの性が対立している。この対立は、絶え間なく時代から遅れているが、慢性的でなだめることのできない敵意でもある。

50　ウルヴァシー

夜更けに、身じろぎひとつせず、ニンフのウルヴァシー〔インド神話に登場する、アプサラスと呼ばれる水の精〕はプルーラヴァス王に言った。

「一日に三回、あなたの杖でわたしを打ってちょうだい、でも裸では絶対に現れないで！」

ああ、四つの季節が巡ったあと、雷のせいで、彼女は夜の終わりに王が裸でいるのを見てしまった。稲妻が、夫を照らしたのだ。この稲妻は長く続いて、陽の光になった。それから彼女はいなくなった。とにかく、プルーラヴァス王は彼女が逃げたのだと思った。

王は妻を探しに出た。

何年もさまよった。

ある日、白鳥がたくさんいる湖のほとりにたどり着いた。彼は白鳥たちをぼんやりと眺めた。それから注意深く観察した。白鳥たちのうちの一羽に見覚えがあった。それは彼の妻だった。

王はこの白鳥に近寄り、語りかけた。

「なぜそなたはわしを見捨てたのか？」

ウルヴァシーは言った。

「あなたを見捨ててなどいないわ。あなたが裸でいるのを見たの。わたしは曙光になって、わたし自身の光に乗って飛び立ったのよ」

プルーラヴァスは言った。

「もしそなたがわしと一緒に戻ってくれないのなら、わしはこの柳の木で首を吊る」

彼女は彼に言った。

「そんなことしないでちょうだい。わたしと一緒に大晦日の夜を過ごすのよ、そのときわたしのなかに深く潜っていることね！」

プルーラヴァス王はこの夜を経て、腕に小さな子どもを抱いて戻ってきた。この日を境に、火はミモザへと変わった〔ヴェーダ文献の中のこの物語によれば、天上の者たちの一員になるために必要な祭式の火がプルーラヴァスに与えられるが、目を離した隙に、火はインド菩提樹の木に、火鉢はミモザになった〕。

51 （白いシムカ）

夜のとばりにじっとして、わたしは、緑色のよろい戸が六つついた白い家を眺めた。上の部屋で灯っている光が見えた。下の二つの窓にあかりがついていた。

月光に照らされて、白いシムカ〔一九三四年に設立されたフランスの自動車メーカー。フランス・フィアットと呼ばれた〕が見えた。

52（境界）

なにをしても無駄だ。本を閉じても、女たちの元を去っても、町を変えても、職を捨てても、山に登っても、海を越えても、境界を越えても、飛行機に乗っても。自分の夢から出ることはない。

53　後ろについて

トランス状態では、身体が後ろに倒れる。腕を挙げてゆらゆらとし、まさにあお向けに倒れようとする人間の身体の全イメージは、小さな死《オルガスムス》の最中に起こるトランス状態の瞬間を表している。オルガスムスは出任せを言うので、そこから生きて帰れるかはわからない。

彼岸へ渡ることは、当時（*in illo tempore*）の世界に渡ることを意味する。

原初から（*ab origine*）の世界ではなく、純粋な〈往古〉の最初の王国。

純粋な〈往古〉とは、社会生活が営まれるようになる前の世界であり、そこにおいて、捕食者と獲物は野生界の極性をまだ解消してはいなかった。

彼らはまだ同じことばを話していた（叫び）。

鳥笛は、動物を戻ってこさせるためのそれぞれの動物特有の鳴き声を模している。

われわれは、生きて捕らえられ、つながれ、空腹状態の野生動物をおとりと呼ぶ。それらの動物は、鳴き声をあげながら、自分たちのほうに同じ種類の野生動物を引き付ける。

〈往古〉の夜明けにおいて、音楽は「同類を呼ぶ苦悩」であった。

ロランは角笛を鳴らす。

ディドはアエネアスを遠くから呼ぶ。

どのような時代に、呼ぶという単純な行為がもたらされるのだろうか？

それは子ども時代である。

動物のそれであろうと人間のそれであろうと関わりなく、子ども時代なのである。幸せな時代としての子ども時代である。幸せな子ども時代をどのように定義しようか？　うぶ声が母親を連れてくる。

乳児の甲高い泣き声は、乳を欲する唇のあいだに乳房を滑り込ませる。

書くこともまた呼ぶことである、「静かにただ呼ぶこと」が、「失われてしまった純なる母」を戻ってこさせるという意味において。

＊

時間は存在しないが、過去は存在する。過去は生殖行為に由来する。生殖行為は、死のなかに消滅していくことで、世代交代を定義する。祖父母は過去に先立つ。

＊

昔の時代は、古い社会において、夢の時代として定義される。夢の時代においては、殺された動物が戻ってくる。それらの殺戮が戻り、その犠牲の帰結としての分割と摂食が戻り、かつての饗宴、その後死んだ狩人、狩猟の思い出が戻ってくる。

昔の時代は、ついこの間、と、かつて《ジャデイス》、に分割される。過去は、夢見る人間の経験において往時に起こったことを、すべてかき集める。

自然とは、往古としての昔の時代である。(『創世記』、動物、存在、野生。)

洪水以前(氷河期)と洪水以後を対比することができる。紀元前一万二七〇〇年の、極めて急な温暖化の際に起こった海面上昇。

*

シュメールでは、ライオンの頭を持ち海燕の姿をしたアンズー神が、天命の書板をエンリル神から盗む。英雄ニヌルタは、書板を取り返すために、自らの弓でアンズー神を殺そうとする。

ところが、葦の矢はアンズー神の身体に触れることができない。

矢は後ろに跳ね返ってしまうのだ。

アンズー神は、自分に近づいてくる矢に言ったのだった。

「わたしのところにやってくる葦よ、葦の原に戻りなさい。矢を想像させるかたちよ、きみの森に戻りなさい。弓弦よ、羊のお腹に戻りなさい。矢羽根よ、鳥たちの元に戻りなさい」

シュメールの文字によって魔法がかかり、あらゆる文化的な人造物はそれらの元の要素に戻ってしまう。

それは、シャーマンであり祈祷師であるような者が、悪を悪の世界に送り返してしまうのと同じである。

神々が、生まれた存在を、誕生前の状態に溶かし込んでしまうのもまた同じだ。

古代シュメール人たちにとって、死とはそのようなものである。死とは要素に戻ることなのだ。分子は、原子という自らのいにしえのなかに、再分解される。

語源学とは、文学を愛する人々（文学の専門家たち）が、存在をそれらの要素に還元することを可能にする術なのである。

*

テーバイでは、セメレの墓の近くで、私生児が雷を求めて泣いている。

森は町を、穀物置場を、槍を、神殿を、船を求める。

獣は、自分たちを消費することで生命から追いやった、その張本人の動物に訴えて鳴く。その動物は、獣の策略や、皮膚や、毛皮や、羽根や、歯や、森を盗みながら、獣の支配している場所から獣を追い出したのだ。ささやきながらその〈庭〉からすべての獣を追い出したのだ。獣の大部分を飼いならし、最初の町の中に閉じ込めたのだ。

自然は、人類に大地を要求する。

*

二〇世紀のはじめ、ジョン・マーシャル卿は、モヘンジョダロとハラッパー〔両方ともインダス文明の都市遺跡〕の町を発掘した。彼は、回顧的な風景が刻まれた無数の印章を掘り出した。彼が発掘した書き物からは、いまだに解読されていない四〇〇字の文字が生まれた。

二〇世紀の終わりにジャン・クロット〔フランスの考古学者、先史学者（一九三三―）。後期旧石器時代と洞窟壁画を専門とする〕は、自分の車のドアを押し戻し、片手を伸ばしてわたしにル・マス＝ダジル〔フランス南西部、ピレネー地方のアリエージュ県の町。後期旧石器時代の遺跡がある〕の洞窟の広くて暗い入り口を指し示しながら叫んだ。

「前世紀の残骸だよ！」

先史学者が言いたかったのは次のようなことだ――遺跡、それももちろん旧石器時代の遺跡は、前世紀の道路建設の際に川下で散り散りになってしまったのだった。骨になされた彫り物は、それらを消滅させた道路工夫たちがおそらくはかいま見ることもないまま、永遠に失われてしまった。

ル・マス＝ダジルで、川の上流、蒼穹の下で、わたしは即座にこの表現に気がついた。この表現は非常に特異である、というのも、限られた人間たちにとっては、わたしたちのなかの源そのものの破壊におけるアイデンティティーを示すのだから。

あらゆる人間たちは「前世紀の残骸」である。

54　動物

場所においては遠く、時間においては古いような虚構の物語の文脈とは、必然的に起源についての問いである。虚構の物語が置かれるのは、他の場所、他の時間、境界の外、要塞線（*limes*）を越えた草原（*saltus*）、遠い場所、未開の地、荒々しくて予見できず、けっして知られず、つねに超自然的な過去のなかである。

見知らぬ者が見知らぬ者に身を捧げる。そこにおいて奇妙な儀式が蒐集され、それが、それらの儀式と共にもたらされる物語の素材をつくり出す。

黒の装い、パステルの手押し車、彩色タイルの大壁画、七番目の弦、それらは、わたしが他の世界から持ち帰ったであろう物だ。

つねに、心の奥底とは生まれながらのものであり、母にまつわるものである（動物たちの女主人、自然、暴力、夜）。つねに、英雄とはやってくるかもしれない婿である。

時間に関係する回帰的な三つの筋立てが、人間のあらゆる物語において同時に起こる。一、季節の移り変わりとしてのルネサンス（婿が義理の父親を殺し、若者が老人を殺し、春が冬を殺す。フレーザー

〔イギリスの社会人類学者（一八五四―一九四一）。スコットランド、グラスゴー出身。著作『金枝篇』が有名〕による王の継承）。二、第二の誕生としてのルネサンス（婿は、思春期のイニシエーションである三つの危険な試練の過程において、森のなかで秘技を伝授される）。三、死に対する勝利としてのルネサンス（英雄は、死者たちをめぐる長い旅の後、生ける者たちのなかに戻ってくる。*nekkhuia*）。

＊

キリスト教でさえ、物語《コント》の骨組みを解体することはなかった。けっして古びることのない、往古。母のまなざしの元では、とりわけ〈若人〉であるような、往古（未来の若い婿、未来の未来、詐欺と損害の後に復讐をする息子、手袋をした、あるいは槍を持った騎士）。物語《レシ》が三段階であるという形態論的な惰性は、その惰性によって形づくられる歴史《イストワール》に先行する。ある時代のあらゆる物語《コント》は、不足している春を指していようと、神話的で母系の社会を指していようと、人間と動物が根本的なつながいを形成している旧石器時代の世界を指していようと、それぞれのグループが孤独のなかに、そして群衆のなかに自発的に分かれていく。

＊

もっとも古い神話において、回顧は公開死刑でもって禁止されている。夏至の日に、太陽は後ろを向いてはならない。死の方向には戻らないだろう。先行する冬には逆行しないだろう。頭を低くして、ふたたび春に向けて進んでいかなくてはならない。

それが、ル・マス＝ダジルの小鹿の、繊細で驚異的な顔である。

回顧（*Rückblick*）。

ミュラーの作品に通底する想念が、シューベルトの作品をも貫いた。幸福という考えは後ろ向きの視線に属する。

過ぎ去った恋愛の強迫観念は、無神経にも、過去の恋愛の襲来へと変わっていく。

ヴィルヘルム・ミュラー〔ドイツの詩人（一七九四―一八二七）。連作詩「美しき水車小屋の娘」と「冬の旅」に感銘を受けたシューベルトが曲をつけて同名の歌曲集として出版した〕は、一八二七年九月三〇日にデッサウで死んだ。わたしはセシリア・ミュラー嬢を愛した。ミュラーは、シューベルトが彼の「冬の旅」に曲をつけたことを知らなかった。

＊

ミュラー——緑の草はどこにある？
思い出の世界のなかに。
もしわたしの心が流れる血液ならば
流れるそのすべてはわたしの顔だ。

「冬の旅」全体が、まさに春の歌である。

時間が突然溶ける。自然は、もはや流れる喜びに他ならない。泉と山々では、氷が溶けてゆく。過去が溶けるということが、天候＝時間（le temps）なのだ。往古のきらめきが、春なのである。

＊

不幸は絶望とは区別される。

不幸とは、現在というものを信じることに存する。不幸な者とは、あらゆる過去は身体に影響しうるということを排除する身体である。抑うつ状態や無関心《アセディア》は、パニックを起こすようなやり方で、むさぼり食う野獣のようにここに突然ふたたび現れる過去を恐れる。抑うつ状態の人は、今ここを生きることを望む。あらゆる思い出は避けられなくてはならない。それは感情をかき立て過ぎるのだ。あらゆる回顧は逃げてしまった。

神に見捨てられているしるしは、過去を認めることができないということである。なぜなら、幸せの可能性は、往古と強力なきずなを結ぶから。

＊

オーストリア帝国末期の、精神分析の発明とはなんだろうか？　ことばのかたちで消費された、過去の景色への熱中である。

＊

過去への情熱は魂に大いなる力を及ぼす。その情熱といったら、ユダヤ人たちが砂漠で終わりなき彷徨をしていた最中に、天から降ってきた天使のパン《マナ》をありがたく思うことができなかったほどだ。

みなの好みに合うという奇跡の傾向を持つのに、彼らはそれでもマナを敬遠していた。

彼らは奴隷だった頃にエジプトで食べた食物を懐かしんだのだった。

*

アッカド人たちにとって、未来は人間の後ろに位置していた。目の前にあるものは過去なのである。人間の背後にあるものは、波や、獣や、増水や、発作のように押し寄せてくる、来るべき問題なのだ。その場で半回転してみると、共に生きてきたものすべてを背後に置くことになる。両親、先生、ぎょっとするものたち、など。

*

マルセル・グラネ〔フランスの社会学者、民俗学者、中国学者（一八八四―一九四〇）〕は、*meta-odos*（道のあと）というギリシア語の言葉と戯れながら、方法について話す人々は事後にぺらぺらと話すものだと言った。

方法とは、人が通ったあとの道である。

「あとの道」とは「帰りの道」である。

次のことを加えなくてはならない。帰りの道とは、いったん左利きになった痕のある行きの道である。

動物もまた、少なくともすべての胎生動物は、自分たちの奥底に、失われたこの最初の世界を持っている。そして、それによって影響されるのだ。動物をメランコリーへと引き連れていくもの。動物の夢のなかに戻ってくるもの。動物の、果てしもないため息のなかに、失われていくもの。

＊

先史時代の洞窟のなかにシルエットが描かれた獣は、そこにいた獣ではない。日常の獣ではないのだ(トナカイ、犬)。キリスト教信者たちの聖体の秘蹟の神秘において、そこにあるパンのなかにあるのは、パンではない。そこにあるワインのなかにあるのは、ワインではない。信者たちの心を占めているのは、人間の身体と血である。失われたものは、自らと共に際限なくもたらす。激しく、模倣され、罪深く許しがたい捕食、つまり原初の古い狩猟を。至るところで何頭かの獣によって消費されるのは、死んだ獣である。

55　力について

ゼウスに〈雷で打たれた〉者、セメレについて。

セメレは、〈野蛮な者〉ディオニソスの母である。ディオニソスは、〈教育されざる者〉、〈往古〉、〈ワインの主〉で、彼自身〈稲妻〉の息子である。

あらゆる向精神性のものは彼らのあいだで引きつけられる。

フラッシュは、稲妻が連れてくる野生動物の群れをあらわにする。

*

ラテン語で、力（*vis*）、勇気（*virtus*）、暴力（*violentia*）は同じである。力（*vis*）においては、活力とその湧出が混ざり合っている。力とは押し出す力である（*Vis est pulsio*）。排泄物、汚れには生成にまつわる驚嘆すべき力が備わっている。というのも、それらが立証する、生命としての湧出そのものであるのだから。子ども、糞便、尿、嘔吐物、精液、涙といったものは、誕生として身体から湧き出る。

力(vis)においては、笑いと活力が結びついている。笑いとは、開け放つことである。開放をひらくものとしての、開放。

人間は笑い上戸になる。

笑いは、身体という洞窟から、一種の太陽、あるいは輝く活力を引き出す。

シベリアの神話において洞窟から太陽を引き出すこと。アメリカの神話において、ヨーロッパの洞窟から〈春〉の熊を引き出すこと——そこで熊は、壁面の引っかき傷に囲まれながら、骨のなかで冬眠しながら冬越ししている。

＊

イザナギはイザナミを抱擁し、それによって日本の島々が生まれた。

そしてまたイザナギはイザナミを抱擁し、天照大神が生まれた。

イザナギはイザナミを抱擁し、火の神カグツチが生まれた。ところが、炎は唇を越えて母の外陰部を燃やしてしまい、母イザナミはカグツチを産んだ際に死んだ。狂わしい苦しみに苛まれたイザナギは、息子カグツチを殺し、イザナミを探しに黄泉の王国に下った。しかし、地獄から戻る途中でイザナギは振り返った、そしてイザナミの顔に浮かんだ死のありさまに恐れをなした。

イザナギは瞬く間に妻を見捨てた。彼は逃げた。妻が最後の王国で自分に追い付かないように、地獄の入り口を塞いだ。

太陽の娘で、イザナミとイザナギの娘、火の神の姉でもある天照は、洞窟に逃げ込んだ。

それからというもの、大地はもう光に照らされることがなかった。

天上のすべての神々は、太陽の女神を連れ出そうと、彼女が逃げ込んでいる洞窟の入り口の前に結集した。

何年にも渡って神々は踊ったが、太陽が出てくることはなかった。

ある日、天宇受賣命《アメノウズメ》が、踊りながら局部を晒した。みな破顔一笑した。天照は、この大笑いの原因が何であるかを見たくなった。外に出てきた彼女は、天宇受賣命が陰部を晒している卑猥な踊りを目にし、笑い、輝くような笑い声をあげ、きらめいた。

*

天宇受賣命はバウボ〔ギリシア神話に登場する女性。デメテルが娘ペルセフォネを冥界の王ハデスにさらわれて悲しんでいたときに、自らの恥部を晒して笑わせた話が有名〕である。

「力」が秘めているのは、まさに性的な「暴力」である。

怒りっぽい暴力と笑いの放出は、リズミカルに交代する。それらによって、世界に分割点が打たれる。

往古と系図、源泉と女、火山と洞窟。

怒りとは、交接の古い呼び名であり、冬の、途方もない、恐るべき飢餓を呼び覚ます。そこでは、死ぬほどに傷ついた他者（*alter*）が徘徊している。

笑いのなかには、誕生による、とめどもない出血が残っている。それが、ショーヴェ洞窟〔フランス南部アルデシュ県のヴァロン＝ポン＝ダルク付近にある〕の、啄木鳥《きつつき》の下半身をしてバイソンの頭を持つ女性である。

モンティニャック〔フランス南西部のドルドーニュ県の町〕の、ラスコーの洞窟の井戸の光景のなかに見られる出血。

傷ついたバイソンが、腹を引き裂かれ、出血し、太陽のように輝かしい様子で、振り返っている。

狩人の勃起。夢のしるしとして、洞窟の夜のなかで突き出ている。犠牲となったもの。〈死〉。〈神〉。

〈十字架に貼り付けにされたもの〉。

マルクス・アウレリウスは次のように書いた――太陽の光は至るところに広がるが、けっして尽きることはない。

分娩、血が噴き出すこと、暁、熱、出血、溢出、破裂は、時間のもっとも古い形象である。

大洪水の前の水。

出現した大地、森林、大河の前の古い洪水。

56　思考を絶するものへの道《パサージュ》

古代ギリシア悲劇の最後に、合唱隊の長は儀式的な決まり文句を繰り返す――思いがけないことに対して、神々は道を開く。

決まり文句は、思考を絶するもの（*adokéton*）へと向かう道（*poros*）があるということを仄めかしている。

時間という存在とはこのようなものである。そして、季節の変わり目に雄山羊を生贄にする前、春の最初の日に半円になって座りに来る観客の市民たちが眺めるのは、そのような時間なのである。

アポリアへと向かう道がある。

神々は、人間には予知できない出来事をなし遂げる。時間は人間の側にはなく、不意の出現の側にある。

とてつもない噴出。

思考を絶するものへの道。

人間の社会は、待ち望まれているものが戻ってくるとつねに確約するまでには至らない。神々は、季節よりもいっそう千変万化である。未来は無視される。唯一神々のみが、その底無しの性質（深淵）、無限の性質（不定過去《アオリスト》）、見えない性質（冥界《ハデス》）において不意を完遂する。

*

類人猿系（simiomorphes）の社会においては、墓はホモ・サピエンス・サピエンスの段階に先行したと言われている。

いかにして祖先がつくられたのか。

ホモ・サピエンス・サピエンスとしてのネアンデルタール人は、死者たちを埋葬した。

彼らは、生物学的な環境のそこの傍らに彼岸をつくり出した。この、「そこ」の彼岸からは、埋葬が、石が、彫像が、喪の儀式が証人となる。それらのものは、幸福（あるいは少なくとも、後悔がなくなること）を、この別の場所に植え付けるための祭儀を執り行うのだ。この、別の場所には、生きる者すべての祖先が、次々と住まうことになる。

逆説的に、しかし必然的にこの彼岸をつくり出しながら、彼らは生ける者たちの生活の向こうにひとつの場所を誕生させたのである。彼らが、姿と名と言語と、色、衣服、習慣を持つような、往古を。

人間において、死とは、故人を祖先に変えることにその意味がある。屍を、もうひとつの世界の住人に変えること。夢のなかに戻ってくることができる者たちを、簡単にはまた出てくることのできないようなところ、あるいはもはや去る必要もなければそのような希望も起こらないような場所に閉じ込めること。〈失われたもの〉を、〈祖先《オリジーヌ》〉に変容させること。

社会によって、社会的なアイデンティティーは再利用されるが、肉体的な実体は消え去ってしまう。

表情、名前、癖は輪になって循環する。社会は死なない。下流で身を守ることと、上流で根付くことは同じことである。

死体として排除された故人は、生まれたばかりの子を象徴する恵みと贈り物によって、祖先として創造される。この意味において、祖先とは死体の対極である。死の儀式によって、人間たちは〈後〉（Après）を〈前〉（Avant）に、〈前〉（Avant）を〈待降節〉（Avent）に変容させる。

*

過去とは、現在がその右目であるような巨大な身体である。でも左目は？

左目には何が見えるのだろうか？

サルジニア島とコルシカ島の石は、磨かれた同じ石の上で、目を開いたり閉じたりさせる。そして、それらの形のなかで、外陰部（*vulva*）とファルス（*fascinus*）が交差する。

宇宙は二の単位で機能しており、それは繰り返しと同じことである。天体や、物質や、生命の機能の核は反復的である。二（*Bis*）がその秘密である。

*

人間の頭は一面でも三面でもない。あらゆる硬貨には、裏面や表面がある。どんな山にも双方の斜面がある。

『ザルパの町に関する物語』と題されたヒッタイト〔インド・ヨーロッパ語族に属する言語を話し、紀元前一八世紀からアナトリア北部のハットゥシャを中心とする王国をつくった古代の人々〕の年代記は、大河の水面に浮かぶ籠のなかに並べられた、三〇人の娘たちの遺棄によって始まる。

神々が、彼女たちを救う。

彼女たちは、神々に感謝するためにタマルマラへと向かう。

しかし、道すがらネーシャで、三〇人の男たちは、三〇人の女たちを自分たちの姉妹とは思わず、母親の命にしたがって彼女たちと交接する。母親は、それらが自分の息子たちであり娘たちであるとは気づかない。彼らは、月と、日々と、夜を産む。

＊

ルーヴル宮では、サルゴン宮の遺構を目にすることができる。それは大きな黒い石であり、その上に、山羊と蓮の花を捧げようとしているサルゴン王の姿が、浮き彫りにされている。

われわれが生じる環境を把握するには二つの方法がある。往古は、追い払われるか、収拾される。追われたものも、収拾されたものと同様に犠牲にされる。追われるものや収拾されるものは、年ごとに自然によって更新されるために、自然によって次々と奪われてしまう。この犠牲によって、自然はより寛容な対抗贈与を強いられる。それは王家の機能である。狩猟の番人であり、園芸（獣姦と顕花植物）。

古代インドでは、王家の狩猟において獣が見つからないとき、殺されるはずの獣の代替物として花が摘まれた（往古が非常に野蛮な状態で、そのままにしておくことができなかったようなとき）。

枝についた花々は、野獣の仔のようには季節性を伴うものではない。花々がわれわれの目に映し出してくれる時計は、単により規則的なものであり、あまり動的なものではない。

＊

人類の登場と共に、生命は、自然や、環境や、天候や、天体を前にして後退しなくなった。しかし、生命は、失われたものや、錯乱や、夢や、幻想や、反映や、シンメトリーや、亡霊や、ことばや、思考のあらゆる錯覚に道を譲った。

だから、人類と共に、そしてその、饒舌で、胸を引き裂くような神経症と共に、未来はだんだんと、恒常的に、過去の様相を取るようになったのである。

＊

麻薬中毒の人類は、感じたことのもっとも強い部分に向かって突き進んでゆく。その始まりを掻き立てた、もっとも暴力的で、もっとも強度があり、もっとも残酷で、もっとも錯覚に満ちた部分に向かって。

＊

一茶は、春について詠んだ——蝸牛は、おのれの跡を見るために、身体をよじっている〔「蝸牛／見よ見よおのが／影ぼふし」〕。

＊

砕けた三〇〇の鍾乳飾りと石筍の領域は、紀元前四万七〇〇〇年にさかのぼる。尾にかみつく獣たち。

川上を、強度のある時間を、原初の時間（*primum tempus*）を、活力を、繁殖を、子どもたちを、移動性の動物を、鳥、花々、太陽、鮭、獣を戻ってこさせること。

＊

戻り、認識し、明確になる感覚、燃える感覚、親しみの感覚、説明できない確かさ、大海の感情、すでに生き、すでに目にし、すでに知っているという印象、大いなる興奮と共に身体を満たす、小さくも自発的なあらゆるトランス状態は、同時に苦悩の僻地に通じる。全能が苦悩に立ち向かう要塞線（*limes*）。われわれが、起こることの主人でないことを恐れるのは正しい。いまだかつて、そのようなことを思ったとしたらそれは馬鹿げたことだ。われわれは、時間の二つの極のあいだをさまよっている。われわれは、空と地のあいだ、内と外のあいだ、海と陸のあいだに子どもたちが漂わせる凧やヨーヨーのようなものだ。

引き波のように。

戻ってこられるかどうか、けっして確かではない。しかし、このような印象でわれわれのなかに戻ってくるものは、すっかり困らせてしまうような可能性があるものではまったくない、というのもそれはつくられてしまったからである。それは波を起こす、純粋な過去なのだ。往古だ。記憶の前の過去だ。その過去とは、大海の、不定過去《アオリスト》の、矛盾を生じさせる、底知れぬ、制限のない横溢であり、それはわれわれがそこから隔たれ、事物が失われ、われわれが性を帯びて息をする存在になる前のものなのだ。

＊

未来に期待しうる最大限予見不可能なことは、過去が活性化してその残響が残ることである。行為を「分離し、回顧的に活性化する」こと。(習慣あるいは学習によって計画された反復のなかで躍動する過去であるような)予知ではない。

(湧出や躍動であるような)進行性でもない。(過去の資本化であるような)進歩や、前進ではない。

後退。それは、進歩よりも予測不能なものだ。

生命なしに済ますのでなければ、反復と戯れなくてはならない。不随意的に反復することしかできないような、拍動する生命と戯れなくてはならない。誰が、心臓の拍動ほど不随意的な方法で襲いかかるだろうか。肺の呼吸と同じくらい不随意的な方法で。

＊

隠されていながら強烈な憎悪が、人間には伴っている。その憎悪によって、驚きの散りばめられた社会生活がかたちづくられている。憎悪は、周期的な内戦において社会生活を完成させる。人類の歴史は線的ではない。動物の社会の時代があり、それから家畜化された動物の社会、つまり少しずつ歴史的な時間になっていく新石器時代の時間があり、それらは季節的で、循環的で、農業的で、祝祭に満ち、忠実に、一年間の輪を形成する。社会とは、もっとも発展したかたちの社会において、年単位で（*annus*）循環的であり（*circulus*）、それも負の循環（*circulus Vitiosus*）であり続ける。

社会を魅了し、社会を破滅させる回顧（*regressus*）は、この点に存する。悪循環というものが〈歴史〉なのである。

動物の社会から、感じ取れないほどゆっくりと派生していった人間の社会は、捕食と冬越しのサイクルに——戦争と休息のサイクルに——導かれている。そしてそれは、ますます次のような時間性とは調和できなくなってゆく。言語的で、技術的で、数学的で、産業的で、金融的で、線的な時間。人類は、そこにおいておのれを認識していると信じているが、そのような時間性は、人類がそれと共には生きていけないようなリズムを刻んでもいる。

57　祖先に対する恐怖

鼠を怖がることは祖先を怖がることである。四五〇〇種の哺乳類が存在する。哺乳類の祖先は、始新世に生きていた尖鼠《とがりねずみ》の一種である。乳房を持った種族はみな、食虫性の、ごく小さな鼠のような生き物から派生しているのだが、その生き物を見るとみな、魔女が突然現れたり、亡霊が登場したりしたときのようにわめき声をあげる。われわれは、祖先の前でわめき声をあげているのである。

58（見えないサイクロン）

戻ってこないように見えるあらゆるものは、脅威にさらされている天体から去ると、危険がないように見える。しかし、急に戻ってくるようなことがあると、一瞬にして荒廃がもたらされる。

もはや存在しないものは虚無からやってくるが、準備なくわれわれを襲うこの引き潮は、サイクロンの暴力を伴ってわれわれのもとにやってくる。

そして、現実にはなにも起こっておらず、あるのは見えない時間だけなのだが、人は深淵の底で裸の状態になる。

59　オルフェウス（1）　オイアグロスの息子

　オイアグロスの息子、オルフェウスは歌い手だった。彼は、竪琴に二本の弦を加えた。妻は、木々が生い茂った岸辺で亡くなった。彼は二つの岩を越えた。彼女を探すために地獄へ下った。彼女の名はエウリディケといった。

　彼は歌った。

　彼の歌声が聞こえると、ハデスとペルセフォネは泣き出した。

　涙に暮れながら、彼らはオルフェウスの妻が地上に戻ることを承諾した。一つだけ条件をつけて。彼らの王国を去り、アヴェルヌの谷にふたたびたどり着くまで、後ろを振り返らないこと（*ne flectat retro*）。

60　オルフェウス（2）　アオルノス

イザナギと同じように、オルフェウスは後ろを振り返った。

（*Et nunc manet in te...*）今、きみのなかにはなにが残っているのか、
オルフェウスよ、振り向いてしまった悲しみ、

（*Orpheus pœna respectus...*）

ああ！　死に向かって魂が戻っていくこと、それこそが崇敬の罰なのだ。

*

地獄でエウリディケを探すために、オルフェウスはアオルノス〔古代マケドニアのアレクサンドロス大王が最後の城攻めを行った場所を指す古代ギリシア語の地名〕の道を通って侵入した。

ギリシアでは、「アオルノス」（*A-ornos*）とは、生命の境界のことで、鳥たちがいなくなった場所を指している。

息吹（*psychai*）は、ギリシアでは鳥を意味していた。

*

子どもだったパトリック・ブランウェル・ブロンテ〔ブロンテ三姉妹のシャーロットの弟で、エミリーとアンの兄（一八一六―一八五五）〕は、一八二六年に書いた――アオルノス山〔ブランウェルとシャーロットは、幼いころ、アフリカ中西部海岸地方（現在のセネガルやニジェール付近）を想定した架空の王国アングリアやグラスタウン（後のヴェレドポリス）を舞台とした物語を競作していた。アオルノス山やここではグラスタウン近くの高山を指し、魔神（ジン）が棲むと言われることから、グラスタウン連邦の「オリンポス山」と見なされている〕はわれわれのオランピアである。そこは、精霊たちと、ジンメル・キュムリィ〔“Jibbel Kumri” ないしは “Gibbel Kumri” を指すと考えられる。「月の山」とも呼ばれる、ダオメ（現在のベニン共和国）の北東にある山。別名ジベル・クムリ。グラスタウンの舞台となったとされるギニア湾の河口の町フエルナンド・ポーの東に位置する〕の魔神《ジン》たちの棲家である。

61　オルフェウス（3）要約

界：動物。
門：脊椎動物。
綱：哺乳類。
目：霊長目
亜目：真猿亜目
科：ヒト科。
属：ホモ属。
種：ホモ・サピエンス・リンネ〔この学名は、スウェーデンの博物学者・生物学者・植物学者のリンネ（一七〇七―一七七八）が、一七五八年に作った二名法にしたがって命名されており、属名・種名・命名者の順と決められている〕
亜種：ホモ・サピエンス・サピエンス
主観性：なし。

生物圏は死んでいるように見える巨大な木である。なぜなら、そこにおいて、枯れた枝々は生きているいくつかの小枝よりもよほど多いからである。

雀、海老、水晶、人間は、世界の黎明期の、その始まりに端を発する冒険からの稀有な生き残りであり、正午の太陽に触れるにはほど遠い。

＊

三〇〇万年から四〇〇〇万年が、人類のゆっくりとした出現を、芸術作品の突如とした湧出から隔てている。原生人類は三五万年のあいだ、死者たちを埋葬し、世話をし、オークル色に染め、死者たちに花を供えてきた。

＊

死の創出と、想像界の創出を区別するのは難しい。

古代ローマ人は死者の頭蓋骨を〈イメージ〉(*imagines*)と呼んだ。

恒温動物は夢を見る。

そのような動物たちは、欠けているものを幻覚として見ているのだ。

人間は、虎ほどには夢を見ない。

鳥と同じくらいだろうか。

子宮の薄明かりは、大気中の光に勝る。

子宮の薄明かりは、時間に目印をつける天上の夜において、自身と言語的に対立するものに勝る。原初の見えないもののなかで勝る、「ある」(il y a) が存在する。見えないものの二つの源。一、胎生生物において見えないものをにじみ出させるのは、性的なものである。二、人間において見えないものをにじみ出させるのは、ことばである(ことばにおいて言われうるすべてのことは、同時に起こりうることから解放される)。

無意識に見る夢は、形象不可能なものを形象し、それから欠如を形象する。

自然言語は欠如を表し、それから形象可能なあらゆるものを、形象不可能なもののなかへと導く。

＊

禿鷹が好む骨髄は、人間の好む、皿に盛られた料理になる。

熊が好む蜂蜜は、人間の好む、皿に盛られた料理になる。

最近のことといえる、ことばを話す人間の時代の前、往古には、洞窟とはまず、もっとも恐るべき獣の隠れ場所だった。大きなネコ科の動物がそこに巣を構えていた。熊はそこで冬眠をしていた。それがモデルであり、先祖であった。それらの動物たちは、洞窟の内壁に描かれている全体であり、人間たちが気にかけ、守っている彼岸の主人そのものとして描かれている。

夢は動物を忘れない。

動物は、われわれの生の通常の流れや場においてよりも、夢のなかに多く存在する。

ことばや記憶によって自由に使われるようになる過去よりも、もっと強力な往古がある。

ビュフォン〔フランスの博物学者、数学者、植物学者。（一七〇七—一七八八）〕は書いた——動物は、われわれに理解できる合図を持っていない。動物のまなざしは、われわれにとって解読不可能なことばである。動物たちの沈黙、つまり動物たちの鳴き声によってしか破られることのないこの沈黙は、意味が方向を失うやいなや生じる、あらゆる意味の茫然自失を表している。

*

模倣された捕食としての狩猟は、一六〇万年前に始まった。

人間は、捕食において捕食者であったために雑食になった。捕食者（*praedator*）、つまり奇妙な模倣者（*imitator*）、そこにおいてはアイデンティティーが、屍の移動において、肌や森や羽の下において失われる。死骸を食らう行為はほとんど表象されない。鷲《わし》も、狼も、犬も、狐も、猪も、人間でさえも、内壁にはあまり現れない。ほとんどおのれというべきものが、イメージにほぼ欠如している。

*

わたしが過去と名付けるものは、往古よりもだいぶ短い。過去は人間的なものでしかない。

*

裸の肌を持った亜種のために、紀元前一〇〇万年のほうに漂っていく彷徨。

紀元前八〇万年頃の、鳥の方法やハイエナを模したようなやり方の肉食。

紀元前五〇万年頃の、見せかけの肉食と、集団での狩り。

紀元前一〇万年の火、一生のあいだ続く光、洞窟の開拓、徒歩でベーリング海峡を渡ること、墓、言語、結婚、遺贈、回り道、彫刻、絵画。

農業による定住と貯蔵庫は紀元前九〇〇〇年に始まり、その貯蔵庫によって町が生まれ、妬みや盗みが起こり、戦争や、王や、教会暦法や、文字《エクリチュール》が生まれた。

*

新生児の身体のなかで死者の名が生き続けるということがいつ始まったのか、われわれにはけっしてわかるまい。アイデンティティーの受け渡し、名前の移転、祖先の資質としるしを受け継ぐ親類（*phora*）、メタ親類（*meta-phora*）、精液や血統を通じて、新生児はそれらと瓜二つであるとみなされる。

紀元前一万三〇〇〇年に、最後の氷河期が終わった。

墓の発明が始まった。人類は熊の世界に不当に介入し、熊から、子育てのための場所と春の食べ物を奪った。

日の光の差し込まない地下の洞窟、太陽が戻ってくることを知らない夜、外的な時間の外側。

昔の時が住まっていた洞穴、そこから、泉の流れを生みながら、氷河が引いていった。

時間が生まれる以前の、時間の枠外、胎生動物の育児嚢と泉、太陽以前の前‐時間。

人類は、氷河時代の熊を、前人類と定義した。骸骨の山、壁の引っかき傷、蜂蜜、春、泉、鮭釣りなど、それらのものを制する、巨大な主人。

紀元前一万二七〇〇年には、夏の平均気温が突然一五度上昇した。

森が育った。ヨーロッパには樺の木が増えていった。続いて松の木が茂っていった。鹿、原牛、バイソンが現れた。紀元前九〇〇〇年には、楢の木が出現し、楡、榛《はしばみ》、町もそれに続いた。紀元前六〇〇〇年、チャタル・ヒュユク〔新石器時代から銅器時代の、トルコの古代遺跡〕は一〇〇〇〇もの家を有し、そこでは五〇〇〇人の人々が暮らしていた。それぞれの家において、主要な寝室は、殺された者たち、角、頭蓋骨に割り当てられていた。天井から家に入っていた。紀元前四〇〇〇年頃には、海抜は（氷河期にはマイナス一三〇メートルだったが）現在の水位にまで上がっていた（つまり海抜ゼロ）。紀元前三五〇〇年には、サハラの砂漠化と「今の《モデルヌ》」時代が始まった。つまり、われわれが〈古代〉と呼ぶ時代である。現代は、去勢と飼い慣らしによって定義される、

狩人は臣民になり、
狼は犬に、
原牛は牛に、
猪は豚になる。

*

旧石器時代には、人間の精神はまだイメージによって育まれていた。狩人の魂は、暗い洞窟の壁に描かれた動物の形象が続く、夢の光景《ヴィジョン》に取り憑かれていた。

新石器時代には、集団のなかでの合図のやり取りに由来するさまざまな声が、これらの夢のイメージ

に重なり、つきまとう。集団は、植物や、大河や、季節や、さまざまな種にならって自らを飼い慣らしていた。そのような声を住まわせるために、石の神殿が建てられた。自然言語が氾濫した。

古代エジプト、古代ユダヤ、古代ギリシア、古代ローマ、初期キリスト教の末期に、幻覚を誘発する声は消えた。トランス、前兆、神託、巫女《シビュラ》、悪魔、預言者は離れていった。意識というものが浮かび上がった。失われた声は、先祖の言語のなかに書かれており、コードや本を基点としてしたがっていた。最後の神々は、最後の本を書き取らせた。幻覚を起こさせる主観性（自己とは、ことばの内面化にこだまして現れる内的な幻覚である）は、内的空間、時間の個人的な管理、個々の罪悪感、告白を自ら瞑想するまでに進化した。

移動民族が定住民族を支配した。それは、地に足をつけて働く農民たちを差し置いて、馬に乗って武装した人々を優位とする奇妙な階層化によって突如起こったのであった。

人類の歴史において極めて奇妙な馬の飼育は、紀元前二八〇〇年に始まり、一七八九年に終わった。二〇〇一年、アフガニスタンでは、山腹で、馬に乗った男たちが飛行機と闘っているのがまだ見える。

62　禅竹の七輪

世阿弥〔室町時代の能役者、能作者（一三六三―一四四三頃）。能の理論書『風姿花伝』が有名〕が一四四四年に死んだとき、禅竹〔金春禅竹。室町時代の猿楽師、能楽者（一四〇五―一四七〇頃）。世阿弥の娘婿〕は義父が編んだものよりももっと陰鬱な能を書き始めた。

禅竹が死んだとき、それは一四七〇年だったが、彼はこのような記述を残した――死者たちの心がわれわれの息を詰まらせる。われわれの父親から獲得したことばは、身体の奥底からはびこってくる木蔦《きづた》のようだ。世界の輪は七つあり、そのなかで、人間性というものは夜が更けると戻ってきて、沈黙のなかに横たわる。

夜と昼をなす天の車輪の寿命は尽きることがない。それが最初の輪である。

成長とは、円運動そのものの端緒である。それをもたらすのは春であり、それはすべての原初である。そのようなものが、腹によって増える二つ目の輪で、顔を出した芽によって描かれる。

開花、それはふくらんだ夏の輪である。

成熟に達した形体が、四つ目の輪をなす。その形体は、秋の収穫のなかで高められ、開かれる。それらは、その形体から落ちてゆく枝々をたわめながら完成される。

衰退は五つ目の輪であり、飢餓であり、待機であり、イメージであり、夢想であり、夢である。それらは身体を穿ち、繁殖や成長を目にし、さらにはそれらを呼んでもいる。

六つ目においては、冬の火のまわりに輪があり、そこでは身体が縮んでいる。それらの輪においては、身体が膝をつき、額は床につく。戻ってくる礼儀正しさ、尊敬、繰り返し、輪舞《ロンド》。

七つ目の輪は、もっとも小さく、もっとも低いところにあり、われわれの起源《オリジーヌ》に属している。白く、青白い露の一雫《ひとしずく》がほとばしり、落ち、それは絹の股引や女性の黒光りする髪の毛の上ではもはや見ることができないようなもの。あらゆる人間は精子の一雫《ひとしずく》であり、それは果てしなく戻ってくる往古の時という唯一の波に混ざり合う。

63　オーロラの女神

かつて、オーロラ（*Éos*）が星々を創造した。

引き裂いた獲物の肉でまだ赤く染まっている指を持つその手は、それを忘れるとき、あるいは忘れたいと望むときにピンク色になり、夜の深みによりかかる洞窟の暗がりの底で、同じ扉を開く。

ある日、この手は眠っているさなかの若い男を驚かせるが、そのとき彼の性器は屹立していた。欲望が、即座にこの手を圧倒した。この手は前進し、夢を見ているティトノス〔ギリシア神話の人物。トロイア王ラオメドンの息子〕を連れ出した。

時間が過ぎた。ティトノスは、不死の若さを備えるオーロラの床《とこ》で〈クロノス〉になった。彼の髭はすさまじい速さで白くなった。

のちに、生まれてきた〈日〉が、年齢のない〈祖先〉を腕に抱いた。

最後には、ごく小さくなった暁が、庭の枝のところで、干からびた夫に近づいた。彼は弱々しくも生きており、檻のなかで、見えないほどの蝉になっていた。

＊

ある日、トロイアで、戦いのさなか、オーロラは息子のメムノンを失った。彼女は直ちにゼウスのもとへと赴いた。彼女はゼウスに言った。

「もしあなたさまがメムノンを火葬することを承諾してくださらないのであれば、わたくしは夜が境を越えるのを妨げるでしょう。わたくしは、メムノンが向かう夜と同じくらい黒い煙の出る薪を望んでいるのです」

ゼウスは熟考したのち、了承した。人々の荼毘の暗い煙が日を翳らせるようになり、死の翌日に太陽の光を遮るようになったのは、この日を境としてである。

＊

オーロラが蝉のことを覚えており、欲情する男たちの前に彼女の露を振り撒くがゆえに、夜は蝶のことを覚えている。

蝶は、鳥よりも昔に、恐竜が通るのを見たのだった。

64　(夜中に *Nox*)

愛する女性が眠っているとき、時間は止まり、太古が再来し、時間のあずかり知らないなにものかがすぐそこに迫っている。長い夜にわれわれ自身が知ったなにか――それ自身、純粋に瞬間的かつ現実的なもので、初めての日に先立つのだが――そのようなものがわれわれの傍らにあり、口を開けている。さまざまな時代の夢とはどのようなものか？　われわれが弓を見るとき、われわれがヴィオールを見るとき、われわれが中国語や、サンスクリット語や、ギリシア語や、ラテン語を読むとき――さまざまな時代の謎めいた音の背後には、なにがあるのだろうか？

現実をささやく同じ深みは、絶え間なくそこに到達できるくらいに、それぞれの人にとって遠く、口にしがたいものである。

夜の同じ深みは、星々の背後で、なくなることなく佇んでいる。

65 （五メートル〇八のハレー望遠鏡）

パロマー山〔アメリカ、カリフォルニア州サンディエゴの山。私設天文台がある〕の五メートル〇八のハレー望遠鏡は、単純過去ほどの力は備えていない。

黒い色は、不定過去《アオリスト》という時制よりも力を持っている。

66（大地）

太陽が沈んだあとの空の暗さによって、星々はいつも存在していたというわけではないことがわかる。夜の空は言う――宇宙は若い。宇宙が若いとすると、時間は最近のものだ。地球が過剰な人間で満たされているほどには、空は星々に満たされてはいない。空の暗さは世界の黒ではない。

それは虚無の黒である。

夜は空の奥底である。

独断的に、あるいは幻想的に星々を集めながら空を満たすいかなる形象も、夜に固有のものではない。それらは黒い空のなかに読まれたしるしであり、狩人たちの魅惑的なイメージのかたちで幻覚が引き起こされる。

猛禽類のしるし。野獣のしるし、黒い虚無のなかに投げ出された母熊のしるし。

往古もまた、過去を超えて空の奥底にとどまっている。

古代中国においては、息吹が大地に生命を与えたのと同様に、本が世界に降りてきた。
それらは、時代錯誤的に、黒い文字に降りかかる雨である。
世界は最初の本であった。
太陽は、それを読んだ最初の目。

*

そして、死を知ることなく、ジグザグに進みながら海のなかにさまよっていったのは亀の甲羅だった。
古代中国人は言ったものだ——亀は、頭をこの世界のなかに入れて進んだ、
包皮の外に出ようとする亀頭のように、
母の外陰部の外で泣いている子どものように。

*

原初とは、形の定まらないものである。
深い空のなかの、形の定かでない原初の波は、星座とは違う、あるいは無関係なしるしのあいだの、
至上の源のなかで跳ね回る。

*

口述によるもの、言語的なもの、書物から得られるもの、ナルシシズムのもの、きらめくもの、反射したもの、意識的なもの、それらのあらゆるものは、形の定まらない夜の黒さや、胎生の薄明かりと比較される奇妙な不均衡のなかにつねに存在するだろう——また、岸辺の周辺に沿う、極めて軽やかな影にも比較される——

その影は、刺草の近くの水辺で溺れる、

柳、蛙、切り株畑の近くで。

*

夜行生活を始めた哺乳類。洞窟、影、夜がその哺乳類たちをかくも惹きつける。哺乳類がふたたび洞窟をつくり、横になり、とぐろを巻き、夢を見るまでに。

暈《かさ》が月を覆うように、広大な夜がすべての時間を覆う。

それぞれの光は、光が去り、引き裂くよりも古い、この夜を前提としている。

最初の人類において、時間は夜ごとに数えられた。ヌーメノン〔本体、可想的存在〕（あらゆるしるしの欠如）は循環していた。

*

外陰部の黒、それから子宮の黒、それから洞窟の黒、それらの黒に、喉の黒、内面の黒が加わる。内側の黒。肛門の黒はほとんど最近のものだ。それはほとんど気晴らしである。

〈たそがれ時〉としての時間。犬と狼のあいだの時間（歯と牙のあいだ、そこでは家畜動物から野獣へ、話す動物から夢見る飢えた動物へと後退している）。

そこにおいて人間は、〈過去〉から〈往古〉へと後退している。

*

古さは、本質と等価であった。

過去のなかに身を投げることは、存在理由《レゾン・デートル》を与えることと同義であった。

「第一原理」（*Ab initio*）は時間に歴史を与え、それによって、不安定なもの、不定形のもの、無秩序なもの、混乱したもの、方向性のないものが生み出され、方向性を与えられるようである。時間が意味を持つためには、時間の根源《オリジーヌ》をつくり出さねばなるまい。子どもが意味を持ち、生きていくためには、母が必要であり、その母の父が必要であり、それから二つの家族の二つの半円がつくり出す集まりが必要であり、名と姓、区別すると同時にあらゆるものを関係づける言語が必要である。

昔々（*in illo tempore*）はあらゆる歴史の色である。

夜の色、月の色、ついにはヌーメノンの色（色はない。月がないとき、空っぽの空に見えるのは〈失われたもの〉だからである）。

原初《オリジーヌ》という考えは強力な麻薬であり、それによってイメージが精神のなかに出現する。

あらゆる真の芸術作品において、このきらめきが炸裂している。

夜の奥底を引き裂かずして立ち昇る曙は存在しない。

あらゆるものは思考しながら——思惟作用《ノエシス》そのもののフラッシュのなかで——、原初の光景に、星の粒子の爆発に戻ってくる。

プラトンは、『メネクセノス』第二三八章のなかでこう書いた——妊娠、それに続く出産に関して、大地が女性を模倣したのではなく、女性が大地を模倣したのだ。

67 （想像力）

夜を定義するのは困難である。おそらく、単にこう言わねばなるまい――それは人間を恐れさせるものであるのだと。人間をそのようにしてしまう恐怖、それは人間に先立つものであり、人間が儀式のなかで回避し、掟を通してそこから顔を背け、さまざまなイメージで満たす恐怖。人間は想像していなかった――夜を眺めながら、最初の世界の思い出に対して耳をふさいでしまっていたのである。

68　なぜ（*Cur*）

子どもだった頃、わたしはよく月にいた。わたしは道端にひざまずいていた。月は、夜の〈往古〉がたまたまやって来て、脱皮をする場所である。〈往古〉の名を知らないのは、性的な夢想である。不定過去《アオリスト》は毒物である。思想家は、両手が空のとき、素手のとき、両手を眺め回すとき、その両の手のなかに、なぜという原初の質問を持っている。

われわれは、つねに原因にとらわれた頑固な新兵であり、その源は黒のなかに失われてしまう。

わたしは幼児のなぜ（*cur infantilis*）を思い起こす。

出発点の質問は、もっとも原初の質問である。

しかし、あらゆるなぜの源で、「独創性」そのものであるのは「質問」である。それは曙の源であり、誕生の源である。

問題提起に先立ってはいかなる答えも存在しないように、始まることに先立つものはなにもない。なにものも、引き裂くものを統御することはできない。

原初《オリゴ》（*origo*）は古代の天文学の用語である。

ラテン語の *origo* は *oriri* 〔生まれる、始まる〕に由来する。*Oriri* は、生まれ出ずる星を表していた。フランス語では太陽について次のように言う——地平線から昇る。*Oriri* は *surgere* 〔昇る、成長する〕により近い。

太陽の光が漏れ出てくる。

それは、至るところにあふれるものとしての存在である。

oriri の場所はオリエントと呼ばれる。

*

真の質問好きは、絶え間なく傷の両側を開き、あふれさせ、立ちのぼらせ、出現させ、引き裂き、離す。質問の二つの唇をふくらませ、性における二つの性別を切り離す。

関係の二つの極のあいだを絶え間なく押し広げる。

終わりなく、期限もなく、境界もなく、見通しもなく、新たにまた区別し続ける。

*

けっして答えてはならない。

あらゆるイメージの下には、想像不可能ななにかが存在する。

根底（*substrata*）は、胎盤（*placenta*）のなかにいた頃のわれわれを再生産する。

奇妙な関係。

他者のなかに含まれる身体の、想像界に先立つもの（antéimaginaire）のイメージをつかもう。自分の物に没入し、熱中している人のように。読書に耽っている読者のように。母のなかの事物。

69　エリスのエンデュミオン

エリスのエンデュミオンは、野原の溝で眠っていた。彼は夢を見た。

今度は、曙《オーブ》ではなく月が、屹立した性器を目にし、それを欲し、近づき、彼の上にまたがり、喜びで満たされた。

夜の終わりに、月は彼が目覚めるのを見て、願いをひとつ叶えてあげるとささやいた。彼は言った。

「終わりがなく、夢もなく、きみもいない、黒い空の下の夜かな」

＊

日ごとに、色とその様相は衰えていく。だから、色は夜を発明したのだ。夜において色がつくられ、その違いは消え、湧き出てはその血のなかでふたたび色を付ける曙に至るまで修復される。

地球の中央でふたたび砕かれた硬い溶岩の塊が、光を放ちながら突然出現し、予知できない爆発のなかで、その往古の猛威をすっかり覆い尽くすのを待っているように。

＊

五世紀には、キリスト教信者の洗礼は集団で毎年行われるようになった。四〇日間の断食と禁欲生活のあと、新受洗者たちが一糸まとわぬ姿で全身を水につけることによって、復活祭の夜のあいだに洗礼が行われた。

キリスト教徒が、婚礼を夜に祝うことをやめるためには、中世の終わりまで待たねばならなかった。

70（ロヒール・ファン・デル・ウェイデン）

もっとも古いヴァニタス〔地上の物事のはかなさを教訓とした静物画〕は、イーゼルほどの大きさのものについては、一四四九年にさかのぼる。欠けたレンガの近くに置かれた頭蓋骨。

光は強烈で、ほとんど月のようであり、魔法のように思える。

背景は黒い。

頭蓋骨の後ろには、踏み込むことのできない黒。

死者の頭は、古代ローマ人がイメージと呼んでいたものである。

この絵はロヒール・ファン・デル・ウェイデン〔初期フランドル派の画家（一三九九／一四〇〇―一四六四）〕によるものとされている。

黒は夜を示している（ロヒール・ファン・デル・ウェイデンは、太陽を襲う定期的な消滅として夜を捉えている）。

頭蓋骨は死を示している（ロヒール・ファン・デル・ウェイデンは、性を備えた生き物に作用するものとして死を捉えている）。

欠けたレンガは時を示している（ロヒール・ファン・デル・ウェイデンは、存在に課された破壊として時を捉えている）。

71 (時の夜について)

自然は時間ほどには古くない。自然とは、生命から世界をつくりあげる時間である。

近代科学という神話は、紀元前六五〇〇万年に、隆起した大地の大部分に火事が広がり、恐竜の無惨な終焉をもたらしたと語っている。古生物学的なチャンスが狐猿《きつねざる》に与えられた。小さいこと、移動できること、洞窟に住んでいることがチャンスをもたらした。成功は逃亡に捧げられた。岩々のくぼみにまず避難した。われわれは、子宮《マトリス》の夜に住まうことのできた者たちに由来している。大きな石に避難所を求めるのが好きな種。われわれは、この極小の狐猿の子どもの、また子どもである。すべての哺乳類は、狐猿《ポスト・レミュリアン》に連なる者である。狐猿の卵の籠であるような者たち。狐猿の卵の家であるような者たち。子宮。家の住人たち。

*

往古は過去ではない。往古とは、不定形であり、定義不可能で、無限で、広大な、不定過去《アオリスト》である。

それは時の夜である。

夜とは、ここでは知覚できず、境界のない場のことである。

宇宙物理学者は先史学者を、過去を直接見ることに執着する者として定義している。光は時間のなかで移動する。知覚そのものは、見えるものすべての化石である。天体望遠鏡は時間をさかのぼり、そのレンズの先に単純過去を見ようとする。

しかし、その光景とは往時である。

われわれが夜に眺める空は現在の空ではなく、天体も現在のものではなく、星々も同時代のものではない。われわれは、長い間、もはや存在しなかった空にまなざしを投げかける。われわれがそれを見るまでは、空は存在していなかった。

72　くすんだもの

突如としてわたしをますます惹きつける短篇《コント》には、なにかしら錆びない性質がある。より古くからあるもので、さほど人間的ではなく、より夢幻的、より自然であり、突然口をついて出てくるようであり、魂にいっそう直接的に働きかけ、極めて情熱的ななにかに戻るために、小説を放棄させるなにか。古びることなく、方向性がなく、拍動性があり、途切れ途切れで、短く、イメージ豊かであり、簡潔で、黒く、濃密で、溢れ出るようであり、滋養に富むと同時に謎めいた、なにか。

＊

どんなときに、世界の外では脚を折り畳み、世界の内でとぐろを巻くことを望むのだろうか？　なぜ、われわれにはかくも頻繁に、大気圏から離れる必要があるのか？　われわれは、いにしえの薄暗がりのなかで丸まっている。われわれは、なんだかわからない王国のなかに、夢想に耽ることができるような、存在のない場を穿っている。

メラトニンは、夜に分泌されるホルモンだが、夜と昼の交代だけではなく、冬と夏、交接と生殖との交代をも指す古い時計である。

＊

われわれの身体のそれぞれにとっての往古は、各人の両脚のあいだに隠れている、しわしわで小さな源《オリジーヌ》のなかに位置している。

原初の性にとっての往古、それは性が由来するところであり、分裂増殖が由来するところであり、拍動が由来するところであり、加速が由来するところであり、噴出が由来するところであり、天体爆発が第二の時となるような、最初の時である。過剰が世界の奥底をさまよっている。白と黒の前に、「くすんだ」、「くすんだ」時間の顔には、なにかしら神々しい顔がある。

＊

めまいを起こすような、純粋に「問いかける」色がある。

どこにもない顔。

不定形の顔。

夜はつねに、夜の邪魔をする星よりも古い。

往古がある。そこでは過去が過ぎゆき、往古は過去のなかにはない。

73　〔祖国〕

アナクサゴラス〔古代ギリシアの自然哲学者（紀元前五〇〇頃―紀元前四二八頃）〕は、空を自らの祖国とした。空の住人（ouranopolite）。

デモクリトス〔古代ギリシアの哲学者（紀元前四六〇頃―紀元前三七〇頃）〕は、宇宙（*kosmos*）を自らの祖国とした。コスモポリタン（cosmopolite）。

エピクテトス〔古代ギリシアのストア派の哲学者（五〇頃―一三五頃）〕――あらゆる人間は亡命不可能である。無国籍者、それが人間である。

プルタルコス〔ローマ帝国時代のギリシア人歴史家（四六頃―一一九以降）。『対比列伝』で知られる〕――夜は、わたしに見える唯一の地平線である。われわれの唯一の家は母なるものである。それがふたたび見つかるとき、われわれは滅びるであろう。われわれの唯一の国は失われたものである。

74　時間がけっして無にしないであろう者

時間の流れによってけっして追放されない〈者〉は、絶え間なくいっそう無限であり、
時間によって増大する者であり、
いかなる交代の作用も受けず、
他者によって増大し、
いかなるものも、その顔や、表情、大きく開いた喉、恐ろしい叫び、歯を背けることはできず、
象牙、牙、角、木、彩色された羽根、白い歯の素晴らしいネックレスをしており、
開き、消滅させ、打ちのめし、押しつぶし、飲み込み、あらかじめ消化しやすくし、夢想し、夢見ながら話し、イメージのなかで広がり、そびえ立ち、
その逝去が入り口となり、
虚無によって引き伸ばされ、
性をともなう生殖によって増大し、
都市の廃墟によって増大し、

次々と生じる個々の死者たちによって増大し、
人間の言語の単語のなかに終わりなく死者たちを吐出する、
おお、〈過去〉よ！

75 〈過去〉になった〈神〉

回顧的な強迫観念は、古いヨーロッパに固有の存在論的な好奇心である。

考古学はヨーロッパの発明である。

知と年齢の資本化、語源学、そしてとりわけヨーロッパの旧約聖書の言語、古生物学とダーウィニズム、系統発生的な大増殖だけでなく動物学上の進化のなかに人間をふたたび飲み込んでしまう精神分析、これらのものが世界の原初を編成し直した。

(個人としての男女というよりもいっそう)社会において、過去はいつも表面をつくりなおそうとする。あらゆる社会が恐れていること(共同体 *socius* の分断)はありうることである。この点は、ハミングによってグループと同盟を安心させるようなリフレインを絶やさない、集合的なメディアを恐れさせる。全共同体の不安は、あらゆる交換とあらゆる市場の崩壊、家族間の内乱、あらゆるグループ間での大虐殺、性的・共同体的な生殖に打撃を与える伝染病、さまざまな価値と神々からなる世界における終焉《アポカリプス》である。

過去について言えば、ヨーロッパのあらゆる社会は、民間伝承のかたちであれ、化石のかたちであれ、過去に接近する。カトリックの信仰、クラシック音楽、あるいはバロック音楽、あるいはルネサンス音楽、あるいは中世音楽、アテネの民主政、ローマの共和政、地方の暴動、大通りの略奪者、山々、大地、空気、大通り《ブールヴアール》の放蕩、隠語、料理のレシピ。

分裂は、昔の社会を守る境界だけに関係し、あらゆる裂け目に影響し始める。

*

それぞれの人間社会は、その犠牲のあいだ、自らの再生産としてのその日まで、互いにじっと見つめ合う。人目を引く死刑に端を発する、狩猟の共同体のルネサンス。〈歴史〉は進化を好まないが革命は大好きであり、〈恐怖政治〉を好み、生殖が弱まっていたり希薄になっていたりするように思われる現代よりもいっそう強力な、あらゆる経験の繰り返しを好む。〈歴史〉はつねに、日常において起こる卑劣な行為を好み、その行為のイメージは絶望感を与える。〈歴史〉は、より悪いこととより強烈なことを混同する。〈歴史〉とは、往時の最悪事である。社会の情熱は、社会が知り得たもののほうへ、社会が知り得たもののなかへと向かい、社会を魅惑したもののほうに向かう。人類を興奮させ、その生活様式を永遠に定義するもののほうへ。死に至る捕食、大型の猛獣を模倣した残酷さ。

*

人類は、動物学上のあらゆる獣に対して計り知れない殺戮を行ったので、獣たちの報復を恐れていた。獣たちの好みや、みかけや、捕食や、策略や、略奪を模倣したのではあったが。

人間は、動物としてのみずからの起源《オリジーヌ》を恥じていた。

絶滅した場合もあった。

大部分について、その数は蒐集物か飼育の対象にまで減少した。

人類は、自然が動物たちに課した条件において非常に数多くの動物種を奪ったが、その条件を通して、人類の生命はそれらの動物種よりも生き延びたのだった。

76 （ルイ・コルデス）

ルイ・コルデス〔マルセイユ生まれの画家、彫刻家（一九三八―一九八八）。キニャールの本の挿絵も手がけている〕とは付き合いがあった。わたしの友達だった。彼は黒い目をしていた。石油のなかに見つかる化石の魚の目をしていた。ひれ、椎骨の連なり、頭の小骨、黒い目、それらは少しずつ鉱石になっていった。これらの魚は、生命に溢れた海洋のなかで生きていた。人間よりはるか昔のことだ。恐竜よりも前であり、花よりも前である。

増水によって、そうした生き物は窒息した。

それから、その生き物たちは、乾燥によって泥土のなかに固定された。

＊

固定された生き物たちは、より謎めいた別の浮遊を経験した。持続を横断したのだ。

その生き物たちの屍衣はわれわれの骨を通り抜ける。

化石の魚は、アンコール遺跡やカルタゴ遺跡よりも時間を抑圧した。触れられるのは時間である。

＊

われわれは、熟視した世界を化石化することはしなかった。ルイが自由に描き続けるために商品化しようと努めたこれらの石や化石化したものは、アキレウスや、ギルガメッシュや、アメンヘテプが喚起するページよりもいっそう現実的な実体から成っていた。

77　時間の深みについて

〈神〉は過去になった。

先史時代の深みはまったく新しいものである。

一八六一年に、エドゥアール・ラルテ〔フランスの先史学者、古生物学者（一八〇一―一八七一）〕は科学者たちに対し、人間は大洪水以前のものであると認めさせるに至った。女性と男性の現在の身体は、消滅した動物種と同時代のものであったと。

ラルテは言った――われわれの激しい恐怖は、洞窟の熊や、マンモスや、原牛のそれと同時代のものだ。

先史時代についての最初の会議は、一九〇六年にペリグー〔フランス南部、ヌーヴェル＝アキテーヌ地方圏、ドルドーニュ県の県庁所在地〕で開催された。

過去の広がりは、光に満ち、火山のように激しく、衝撃的なものであり――とにかく、先行した一〇万年のあいだ、人類全体にとって想像できないものだった。

過去とは、いくつかの点において終末論的《アポカリプティック》な出来事である。

*　*

第二次世界大戦の起こった二〇世紀のあいだに、古い洞窟の発見が相次いだと言われている。ラスコーは、一九四〇年九月一二日に発見された。二〇世紀の後半にたくさんの洞窟が見つかったのは、人々がそれを探したからであるというのは確かだ。

深淵がくり抜かれた。

洞窟が隠れている断崖や丘が掘られ始めた。

しかし、そこには奇妙な一致を超えるものがある。

求めることで、特異な贈り物に出会ったのだ。

一九三三年から一九四五年までのあいだ、意図せずして無数の火葬が行われた後で、細心になされた「埋葬の剥奪」への移行。

新しい時代が開かれ、そこでは過去と時間はもはや同じ地位を有してはおらず、同じ深みもなければ、同じ恵みにもならなかった。

夜の内壁に描かれるものが劇的に中断されるということが、あらゆる支配的なイメージ、それから破壊的なイメージの源泉として、われわれの時代に戻ってきた。

一四世紀から、ヨーロッパは地を穿ち始めた。ヨーロッパは、自分自身の古代になるまでやめない。それはまず、写本《マニュスクリ》であり、メダルであり、彫像である。それから、埋没した都市と屋敷。水道橋と神殿。それからピラミッド。先史時代の洞窟は、まるで発案されたかのような好機に、ヨーロッパの風景へとやって来た。

天体のなかの図柄《フイギュール》のように。

*

図書館と美術館は、教会と宮殿のあとを引き継いだ。

グループのすべてのメンバーが、沈黙を守ったまま、「見つかってもいなければ失われてもいない」なにか（オシリスの性器《ファシヌス》）の周りで、いけにえを捧げ始める聖なる場所。

*

ますます宗教的に、神話的になっていく社会は、自らの過去の反映のなかで自らを愛する。羊の群れ、角を持った獣の群れ、夢の集まりが、時間を超えた空虚なうわべのまわりで終わりなく円を描く。

*

聖職者のラテン語は、大発見の数々〔一五―一六世紀の大航海時代における「発見」を指す〕がなされたときに知られていた世界の全体に流れ出た。それは、茫然自失状態を引き起こしうるものだった。

アラム語、ヘブライ語、ギリシア語の三つの言語とも、ローマ人の言語よりもイエス（Iéshou）の家のなかで話される資格があった。ローマ人の言語は、凱旋門と十字架で迫害をする者たちの言語でしかなかった。

*

バイキングはなぜ、彼らの歴史から全面的に免れた死語の残存者によって捕まったのだろうか？

アステカ人はラテン語に陶酔した。

中国人は、日本人が朝鮮の文明と中国の東海岸の港の商館を横領した以上に、インドの文化や、外国の文化から多くを吸収した。日本の仏教、中国の仏教、インド人の仏教のどれも、大まかに言ってそれらを意味するブッダの名を超えては、見るべきものはほとんどない。ヒト科と言われる猿の仲間は、動物の捕食、策略、罠、慣習、踊り、ことば、文化、衣服といった、興味深く飽くことのない検討のなかで、自分たちの全世界を汲み取ってきた。模倣の最初の形態は、飽くことのない魅了である。

テミストクレス〔アテナイの政治家、将軍（紀元前五二四―四五九頃）。ペルシア軍をサラミスの海戦で破る〕は、過去がけっして魂を離れないと不平を漏らした。

ある日、アレクサンドリアの町の男が、彼に記憶術を授けた。テミストクレスは手で書板を押しやり、男の腕をつかんだ。テミストクレスは彼に懇願し、言った。

「わたしに忘れる術を授けてくれ」

アレクサンドリアの男には、その要求が理解できなかった。彼は、テミストクレスの手から腕を引き離した。彼は、アゴラに退却しようとする。

しかし、そのときテミストクレスはしゃがみ込み、エジプト人の性器を愛撫し、その男の両膝をしっかりとつかんだ。テミストクレスは懇願する。

「忘れる術を手に入れさせてくれ！」

＊

シャルルマーニュ〔フランク王、ローマ皇帝、初代神聖ローマ皇帝（七四二頃―八一四）。カール大帝とも呼ばれる〕のヨーロッパは、ローマ帝国の人々から再生《ルネサンス》のテーマを取り戻した。彼ら自身、アテネのアクロポリスの周りで、ギリシア人たちの都市同盟を新しいものにしようとかつてしていたのであったが。

ヴェネチアとフィレンツェのヨーロッパも同じことをした。

シャルル五世、フランソワ一世、ナポレオン、ムッソリーニ、ヒトラーもそれを取り戻した。

わたしは、誕生の領域を、暁《オーロラ》の領域と対立させる。

イヌイットの人々は、何千年ものあいだ、不便ななかで生きた。彼らを発見したとき、人々は尋ねた。なぜ、この寒さのなかに、この飢餓状態のなかに、ヨーロッパとアメリカのあいだの、それ以上厳しいところはないほどの氷の橋のようなものの上にとどまったのか。彼らは言った。

「わたしたちは太陽を追ったのです。太陽の存在が空に残した約束の場所で立ち止まります。いつもいる獲物の中央で、暁《オーロラ》の範囲のなかで、熊とトナカイのあいだでわたしたちは生きているのです」

暁《オーロラ》の範囲、そのようなものが過去の領域の名である。

＊

エンゲルスとマルクスがライエル〔スコットランド出身の地質学者、法律家（一七九七―一八七五）〕の『人間の古代』を読んだとき、強い衝撃を受けた。人間の時間の尺度が急に延びたことで、狼狽した。人間の持続に割り当てられていた甚大な規模によって、非常にゆっくりとした変化と、ほとんど終わりのない諸段階を想定することが可能になった。空や海や大地の生成、形態の変化、種の変転は、もはや外的な創造の源を必要としない。神の創造であっても。天変地異によるものであっても。

時間の持続が、それを引き受けていた。

過去は非常に広大なものになり、自らを生み出すまでになったのである。

性が人類に運命づけた分化／区別。性が伴う交雑と移動によって、人類史は汲み尽くせない変容となる。この変容は、一瞬もおのれを平穏にゆだねず、全体の意図をも知らぬ他者の助けによって、共通の土台を絶え間なく改変する。

＊

過去とは、繊細で、きわめて生々しく、もろく、はかなく、前日にさかのぼり、この世界の表面から抜け出たかどうかといった産物である。

先史考古学と、民俗学と呼ばれる人類学の研究との先例のない発展は、先史の深みに関する歴史の地平を一撃にして小さいものにした。

考古学と民俗学は、四つの文字の発明を伴う一連の五つの文明を永遠に極小化した。

時間という森に直面して、人類史は、三人か四人の偏屈な神が監視する小さな松の盆栽の様相を帯びた。

過去とは、伝説が叫びでしかなくなってしまうような深みである。

伝説が人類の経験に伝えられるとしたら、キリスト教の時代は時間の片目から落ちたまつ毛である。

*

突如として無限になる往古《ジャディス》。

ホモ・サピエンス・サピエンスは、つかの間に生じたことと、いっそう短い来たるべきこととのあいだに生きた種である。

生きられた、よりもいっそう短い、生きるはず、ということ。

過去は、先行する二、三世代に分割される。過去は、彼らによって使われた姓と名に限定される。未来、それは生き延びた人間の命である。先祖は、可能であれば命と財産を子孫に伝達し、子孫は先祖の遺産を維持し、姓を引き継ぐ。命の目的は、過ぎ去ったことに変革を起こすことである（la révolution du révolu）。誕生を、姓を、名を、歌を、仕事を、春を、繁殖を、命名を、祈りを取り戻すこと。

一四世紀から、ヨーロッパでは、〈ホモ〉は広がりを持たない突発的なものに変化した――果てしないほどの思い出――それは、時間という計量できる技術的な指向対象《レフエラン》によって可能になった。

広大で突発的なもの、そこにおいて原初の世界と遠い文明の発見が不意に積み重なっていった。

＊

広大で突発的なもの、そこにおいて人類は、漸進的な現在を出発点として、極性を帯びながら、原初の位置（天における往古《ジャディス》の扉）を分散させてしまった。過ぎ去ったものを嫌う位置にある現在、滅びの未来の位置にある現在、信用を持つ位置、つまりあらゆる瞬間（個人の不死性、余暇、年間のヴァカンス、絶え間ない選択）の未来にある現在をつくり出しながら。

二つの位置が競合する。往古《ジャディス》の位置と、信用の位置である（信条《クレド》、信仰）。

古代の人間社会は——それは往古《ジャディス》の位置で、来たるものの再来に指向対象《レフェラン》を持たせるのだが——、あらゆるもののなかに退廃しか見ない。その社会は、原初の廃墟としての時間を生きていた。往古《ジャディス》を、ますます実体のない亡霊として想像していた。完全なる老人（*Senex*）。

貨幣社会、かつ探求的な社会においては——それは指向対象《レフェラン》を、守るべき信用と、手に入るはずの利益を信じることへの没頭に向けさせるのだが——現実を、投企された実行に変える。それらの社会は全仕事を未来の生活に引き受けさせる（次の旅行、家族の昇進、子どもの勉強、金融あるいは不動産の資産）。それは完全なる明日の位置であり、完全なる子ども（*puerilitas*）。

このうえない現実のなかに、なすべき進歩しか見ない社会。存在する持続全体のただなか、過去の不合理の前で高笑いをする社会。

子ども時代——それは古代社会においては極めて少ししか存在しなかったうえ、焦れていらだち、まだ人慣れしておらず、言語が欠如した動物的なやり方においてのみであった——それは古代人の反復から引き離され、家族の大きな神性になった。

＊

一、退廃という考え、進歩という考えは宗教的な信仰である。二、未来に祈りを捧げることもまた、過去を呼び戻すことと同じくうんざりさせる虚しいことである。国家はその住民たちを義務教育という手段によって避けがたい未来へと運命づけるが、その教育は、子ども時代を未来に従属させるようにと統御する。〈存在するもの〉のただなかにある、あらゆる〈存在したもの〉を全滅させる嫌悪。

時間のあらゆる交差点に、（あらゆる王－父の）あらゆるライオスの殺人。
ライオスにおけるラブダコスの。
ラブダコスにおけるポリドロスの。
ポリドロスにおけるカドムスの。
ドラゴンの。
スフィンクスの。
〈ぼくが大きくなったとき〉に捧げられる、死んだ魂。

78　荘子の鳥

時間が経過すればするほど、時間は記録されていった。そして可視化された。すると時間は、存在のあいだのひとつの状態として、話し手たる人間に知覚された。

突如として、メシアの死に際し、時間はまさに跳びかかろうとする虎のように身を縮めた。パウロ書簡、一、七、二九。

突如として、二〇世紀の死者たちのあと、時間は現実のうえを滑翔する鷲のように飛翔した。それは荘子の鳥である。中国の隠者が、みずからの予測不能の飛翔と名付けたものだ。

聖パウロにとって、終末とは来たる日から二本の指のところにあった。彼は、指で時間の終わりに触れることができるという印象を抱いていた。主の前にひざまずきながら、歴史のマントの房飾りを引っ張ることができた。終末の動き（年代記のヴェールが剥がれる動き）を開始することができた。

われわれにとって、世の終わり《アポカリプス》が起こり、ヴェールは剥がれ、過去には深淵という想像し得ない高みが得られた。

目も眩むような時間の、恍惚の源（*Origo ekstatikos*）。

＊

アルトドルファー〔一六世紀前半に活躍したドイツの画家。デューラーと同時代人〕がアレクサンドリアをドナウ川やライン川の流域のように描いたのと同じようには、われわれはもはや過去を自分たちの側に回収しはしない。

＊

二〇世紀の後半において、過去の内側で、愛されるようになったのは過去の他者性である。

〈他者〉（*Alter*）になった過去。

そして、〈他者〉は〈神〉（*Deus*）になった。

＊

われわれは過去に運命づけられている。曙に、誕生の条件に、すべてを再生産する女性のまなざしに、母の微笑みに、母が示す模範に運命づけられているのと同じように。それらのうちのなにものかが、われわれの奥底で絶え間なく、われわれをつくり出したものの気を惹こうとする。同様に、それらのものは、存在のなかに投企した命を超えて誘惑する。そのようにして、祖父は父のなかに滑り込み、曽祖父は祖父のなかに、祖先が曽祖父のなかに、魅惑的なまなざしが祖先のなかに滑り込み、過去は〈往古《ジャディス》〉の位置を得ようとするのである。

＊

かつて、自然はいわば美しくはなり得なかった。何万年ものあいだ、自然は美しいとは感じられなかった。古代人は、自然のイメージを模倣しようとは夢にも思わなかったに違いない。自然の威厳と明白さ、その恐るべき動物相、天体、気象、植物、動物への支配、絶え間ない優先権、それらが美という考えそのものを凌駕していた。自然の美というものが出現したのは、無数の都市が大地に広がり、利用できる場所が建築物や石の道で覆われたあとのことである。つまり自然が失われたときだ。失われたものがその顔を変えたとき。

＊

一八世紀、〈恐怖政治〉にさかのぼるが、ブルジョワだけでなく貴族も、裕福な農民も、偽の伝統、偽の古典、偽のポンペイ様式、偽の中世趣味《ゴシック》、偽の田舎風を確立させた。近代でさえ偽物である（煽動的な偽物、自発的ではない新しさ）。

わたしが書こうとしていることについて、断続的な巻数表示の、それ自身私的な使用のための百科事典の、読みにくい乱雑な文字のあいだに大事なことがある。

王国の道理についての最後の本の一冊——それは年老いた文学者のサイドボードの右側の引き出しのなかにしまわれるべきものであり、彼は自分の田舎のなかで消えていく決意をした。なぜなら、この世界のことをなにひとつ理解できなかったからだ。

真に科学的であるということは、二一世紀以降、原初についての雑食的な遊戯を熱望するのをやめることと等しくなった（たとえ、変容としての雑食が土台であり続けても）。

わたしはまず、直面したあらゆる出会いにおいて、この事実の状態に驚いた。至るところで、扉があったり、閉まっていたり、境界があったりする頑固者にわたしの好奇心はぶつかり、その境界は多様化し、強化され、壁で囲まれていった。

専門化が強まった。同じ対象について、正確であればあるほどその分野は限定され、国際的で充実した文献目録が見つかる。

古代への愛（*cura antiqua*）としてはなにもない。

科学は、倫理的で、遠く、禁止をもとめ、非現実的で、それ自身が実現したものに対してより意識的でありさえする形象になった。一五世紀のルネサンスとしてはなにもない。一八世紀の百科全書派としてはなにもない。ダンテとしてはなにもなく、トマスとしてもなにもない。ダヴィンチとしてもなにもない。知《サヴワール》の、その断片断片がコンピュータのハードディスクに保管される。これらの断片には容易にアクセスでき、伝達もできるが、望まれる移動のなかで集まるほどには互いに行き来することはなく、それぞれ固有の存在のなかで、当てのない自身の探求を続けるのみである。

79 （ヌイイ橋）

パスカル〔フランスの哲学者、神学者、数学者（一六二三―一六六二）〕の傍らに永遠に存在する深淵とはなにか？ ヌイイ橋の上から見たセーヌ川。

ヌイイ橋の上から見たセーヌ川は深淵である。

そこにはバロック的な感受性がある。

＊

類人猿の可能性を乱暴かつ完全に破壊したもの、それは自由思想家であり、デカルト学者であり、スピノザ主義者であり、荘重なバロックであり、フランス人の悲劇であり、法悦のバロックであり、イギリス人の大粒の涙であった。

ルネサンスの終わりのネオ・パガニスムよりも、教会としては当惑させられるメランコリー。

＊

ロシュフコー公爵〔フランスのモラリスト文学者（一六一三―一六八〇）。『箴言集』が有名〕が亡命から帰還してサブレ夫人〔フランスの文人（一五九九―一六七八）。ロシュフコーの『箴言集』はサブレ夫人のサロンでの論議から生まれた〕のサロンを見つけたとき、彼はまずそこに、ロングヴィル夫人〔フランスの公妃（一六一九―一六七九）。フロンドの乱で重要な役割を果たす。晩年はジャンセニスムに傾倒〕と、ロングヴィル夫人と一緒にもうけた不義の息子に近づく最良の手段を見出した。

亡命以来、息子に会えていなかった。彼は息子を抱擁した。自身の深淵であったこの女性の顔をふたたび見た。

彼は、自分の苦しみからひとつの文体をつくった。

亡命から脱出すると、小さな紙を使ったゲームをした。その紙は、打ち明け話や、辛辣なことや、苦しみや、幻滅で覆われていた。

昔の恋愛をふたたび見つけるということよりも残酷な試練があるだろうか？　互いのあいだに生じる突然の距離？　わき上がる冷淡さ？　あるいは――礼儀正しさのなかでさえ燻る――すさまじい怒りの痕跡？

彼は、昔の愛人に倣って〈精神〉がジャンセニスムに接近したのを発見した。ロングヴィル夫人のそばで〈精神〉を堕落させた。彼はラファイエット夫人〔フランスの作家（一六三四―一六九三）。匿名で出版された『クレーヴの奥方』は近代フランス心理小説の最初の傑作とされる〕に献身的に尽くした。彼に、騎士デカルトの『情念論』を読ませたのはサブレ夫人である。

サブレ夫人は、「ランタンを使うようにして人間の心を探ることができる」と主張していた。ランタンは、みながやりとりし、人間の卑劣さのなかにつねにより深く分け入っていこうとする際に完成させなければならない修辞的な箴言だった。

あたかも、奥底が存在するように。

ロシュフコーはサブレ夫人に次のように書いた。「文章への欲は、風邪のようにうつる」

伝染的《エピデミック》であった暴力。

それはいまだ続いている。

このほとんど政治的な断片化に対する、執拗な気詰まり。

血塗られた社会的な絆、他人の羨望を羨ましがる、欲望としての人間の愛、悲観的な共謀、邪悪な競争心、興味と悪意でもって人間の感情に侵入するための闘い、〈精神〉とラ・ロシュフコーはそのようなものを、互いに見分けがつかなくなるまで寄せ集めた。彼らは言葉半ばで理解し合っていた。残酷な投石器が、尖った石のかけらのように小さくも強烈な紙の切れ端と共に続いていた。

80 近代性《モデルニテ》

近代性《モデルニタス》（*modernitas*）の概念は一一世紀に登場した。

キリスト教の信者と古代ローマ人が対立するように、近代人（*Moderni*）は古代人（*Antiqui*）と対立した。

人間のそれぞれの生が持続する期間を〈エデン〉（Eden）と〈天国〉（Paradis）のあいだの苦しみの段階として考えることで、真の生は第三の世界へと移された。原初と過ちの〈年長者〉のあと、〈現代人〉は中間の時代（un âge moyen）を代表していた。それは〈中世〉（un Moyen Âge）であり、あいだの時代（*media aetas*）であり、永遠の未来の生のなかで〈ルネサンス人〉が生まれる前のことである。

進歩主義的な三つの時間の段階は、しだいに輝かしさを増し、あらゆる往古《ジャディス》を全滅させながら、〈キリスト教徒〉の人類史を定義する。

まず、古代人（*Antiqui*）の異教的な暗闇。

すっかり誘惑された罪人が営む地上の生の不明瞭な明るさ。罪人たちはほとんどすべてふたたび罪を犯し、大部分は地獄に落とされる。

救済された者たちのための天上の楽園で満ちたる光。

*

一二世紀のあいだ、社会の歴史のなかで初めて、祖先と子孫のあいだの歴史的な距離が底知れぬほど深いものとして（abyssale）強く感じられた。ビザンティウムの世界とアラブの世界から、キリスト教徒が燃やした写本《マニュスクリ》が持ち帰られていた。自己と他者のあいだ、古代と近代のあいだに深淵が口を開いた。この深淵は唖然とさせた。

一世紀のちに、ペトラルカは中世（*media aetas*）の概念を、この深淵に投げ込みながら乱暴に遠ざけた。中間の時代は、漠然としていて、野蛮で、時代遅れ《ゴシック》で、混沌としていて、好戦的で、敵対的なデカダンスになり、それにペトラルカは原初と、そのもっとも溌剌として純粋な光とを対比させた。キリスト教の（異教的な暗闇、地上のほの明るさ、天国の光輝）進歩的な線に、環が置き換わる。つまり、子ども時代、老化、新たな子ども時代。

原初、デカダンス、ふたたび産み出すこと。

古代、中世、ルネサンス。

*

ルネサンスとは、異教的で、共和主義的で、学識ある人々の、机上の謀反だった。キリスト教徒の側からの故意による、かつ軍事的な殲滅を逃れたものを、口承の子どもじみたやり方ではなく、書き言葉による、伝説になるようなやり方で、アラブ人やビザンティン人の傍らでの発掘を通して伝えること。

一五世紀のイタリア・ルネサンスは、反専制的、反キリスト教へのこの変貌のもっとも美しい瞬間を体現した。

しかし、ルネサンスのもっとも偉大な時代は二〇世紀の終わりであったろう。世界は二一世紀初頭に増大した。持続の点でも、深淵についても、めまい、知、動物的、生物学的、自然的、天上の遺産についても、まさしくどの歴史的な時代においても想像し得なかったほどにまで。

二〇世紀に固有なこと、それは無限の過去をつくったことである。

先史や、民俗学や、精神医学や、生物学の発明において、過去が終わらないものになったこと、それは風景全体に広がった（廃墟の土地）。

ほとんどすべての言語の翻訳。

共鳴視と、使用できるあらゆるイメージの移動。

まだ目録の状態の、社会的なあらゆる経験を蓄えること。

一世紀のあいだ、子孫と言語のなかで生き延びた土地のあらゆる社会において、それらの社会自身は多かれ少なかれメディアを通じて同調しており、それら自身のあいだで通じ合っているのだが、私的な系図の時間、人類史の時間、自然の年代記の時間、生命の進化の時間、物質の時間、大地の時間、星々の時間、宇宙の時間はただひとつの跳躍をかたちづくっているにすぎない。

*

原初以来初めて、大洪水-後を出発点として、内的な人間の経験に取りかかった広大な先行性。

*

なぜ、過去は未来よりもつねに大きいのだろうか？　彼岸との類似が、行為のダイナミックな連鎖のなかに加わり、そこになお、神話的だが前‐原初の自然発生的な環をつなげる。人間の世界（未来には子どもしかいない）は、誕生の川上に彼岸（系譜学としてのもの、社会的なもの、自然、動物、原初、星座、神話）を据え付ける。

誕生とは、時間の、唯一の太古的な次元である。時間を引き裂く一撃が生じる唯一の日づけ、それはことばのただなかで見えない過去（死）と、ことばのない未来（子ども）とを対立させる。再生《ルネサンス》以外の未来はない。

81　文法学者クィンティリアヌス

死の非同期性が存在するのと同様に、時間の非同期性が存在する。

これは文法学者クィンティリアヌス〔ヒスパニア出身のローマ帝国の修辞学者（三五頃―一〇〇頃）〕の言葉である――

すべてのことが言われたというわけではない。

ことばのなかには、言われたことがけっして実現しないということを引き起こすだけの欠如がある――ことばが脳を膨らませるのと同じだけ、ことばは時間をつくり出すのだが――。言うという人間の能力（つまり、自発的でなく、多数の自然言語が存在しないような発明）のなかには、これらの言語に由来するいかなる発言もなし遂げることのできない雄弁で破壊的な力がある。あらゆる表現の野心は、先行する発話内容を凌駕する。近代人は古代人よりも多くの手本を持っている。それは兼好法師〔歌人、随筆家（一二八三頃―一三五〇頃）。『徒然草』の作者〕のパラドックスである。もっとも今に近い者ほど、もっとも強い頑丈さともっとも大きなチャンスを享受する。むしゃぶることのできる骨をもっともたくさん持っているのは彼らなのである。

遅く来たる者に、場の深み。

遅く来たる者に、不定過去《アオリスト》的で、論理的に難点があり、方角を見失わせるような、時間の断片化。

*

文法学者クィンティリアヌスはエウリピデスを引用していた。*Mellei, to theion d'esti toiouton phusei.* 神は遅れる、というのも、それが自然による神の性質であるからである。

人間は、狩りから差し引かれたものでしかなく、見張っている。

神は、獣から差し引かれたものでしかなく、遅れる。

そのようなものが、人間のつくった時間の構造の原初の風景のひとつである。

事後（après coup）、遅れ（retard）、まなざし（re-gard）。

*

文法学者クィンティリアヌスが言うには、すべての時代の人間の歴史のなかで、彼の時代よりも幸せな時代はなかった。というのも、彼が過去から受け取った恵みはあり余るほどだったからである。わたしの時代についても、それを文法学者クィンティリアヌスの時代と比べるのであれば、そしてわたしを彼と比べることができるのであれば同じことである。日ごと、光はよりいっそうむき出しになるが、日ごと、黄金時代も増幅していく。

*

もしも、ひとつの時代が、先行する季節と、そこに広がった太陽から受け取った果実で評価されるのであれば、巡りゆくそれぞれの季節は、世界の原初以来に開花したもっとも美しいものである。

それぞれの時代はもっとも素晴らしい。

それぞれの時間はもっとも深い。

それぞれの本はより沈黙に満ちている。

それぞれの過去はいっそう溢れんばかりだ。

82　（一九四五の深淵）

トータベル人〔フランス南西部のアラゴ遺跡で見つかった化石人類〕は、アラゴの洞窟（Caune de l'Arago）〔《Caune》はオック語で「洞窟」の意〕のなかに四五万年前に入り、一九七一年に外に出てきた。

人間の社会と自然言語は広大無辺であるため、われわれにおいて過去には統一性がない。

言語学においては、もっとも相違の大きい（もっとも散らばりの大きい）領域はもっとも古い領域であると言われる。

もっとも不均質な場所が、原初的であると言われる。

＊

計ることのできない、常軌を逸した大きさ。地上の岩は三五億年ほどしか経っていない。太古からの多様性の、雷のような輝き。しかし、存在はわれわれ、人間存在にしか与えられなかった。おそらく、われわれの外に。存在はおそらく、人間を締め出したのだ。天の奥で、光がそれ自身で輝く（『エチカ』、

II、四三)。透明度はそのようなものであり、捉えられない。「知ること」(*connaître*)と「存在すること」(*être*)の非両立性。時代とは滝であり、年号とは臥所を変えることである。年号に対して、大河はまなざしを向けていないし、人類は意味を与えない。いかなる地上の風景のなかにもけっして加えられない異なる世界の、完全なる理解不可能性。そのような地上の風景が磨いたルーペよりも、もっと強力なルーペをわれわれはつくらねばならない。シナゴーグを通して、みなのまなざしのなかで、わたしの口からヘブライ語が引き出された。わたしは死語を選び、わたしの生をこの発言に捧げながら、ベネディクトスと洗礼を受ける。この世の実質は純粋な異他性(*Alteritas*)である。純粋な今(*Evenit*)。すべてはやってくる。神――無知の神殿(*Asylum ignorantiae*)。神が現れるのを助け、あるいは神が退くあらゆる壁をすり抜ける、とりとめのない唯一の欲動。なぜなら、その壁は、輝く光自身のなかに紛れ込もうとするから。しかし、死は、すべてが作用を及ぼしあうという証拠である。すべてのものが、性、あるいは時間のように引き裂かれるということ。

＊

増幅する知しかない。それに応じて知られざること。
すべての光が、光自らが生み出す影を浮かび上がらせる場所をつつみこむ。

＊

一九四五年という深淵は次のことを意味する――空間は、空間自身によって夢想されたようにはかたちづくられないし、また自身によって模倣されたようには組み立てられない。

人間性のなかに人間性の回帰はなかった、というのも人間性などというものはないのだから。かつて存在したものを、なにものも修復することはできないだろう。正義とは信じがたいもので、喜劇的である。時効にかからないということはぞっとするような皮肉であり、侮辱である。世界には、歴史のせいで過去が欠けている。そして、過去のために往古《ジャディス》が欠けている。

＊

二一世紀ヨーロッパのメランコリーの様態は、特殊なものではない人間性、築かれた意味、知ることのできない真実、隠されたままの裸性を初めて知った。

もっとも遠いものの発掘としての、驚嘆すべき強度を備えた時代。現代世界《モデルヌ》が、自らと共につくられた〈答えのないこと〉について不平を言うのは間違っている。それは、永遠に予測不能で奇妙な、現代《モデルヌ》世界の祝祭なのである。

その突然の沈黙。

83　往古《ジャデイス》の痕跡

いにしえの日本において、快楽に耽った男はみな、手短に精液を放出したあと、記念品として贈り物を部屋に残した。

たとえひとりで快楽に耽ったとしても、男は指に残った液体をぬぐってから、その場所、床の上に、帯紐、地図、ちり紙の切れ端、果物を残した。

わたしは、読書をしながら甘草の木を咬む、極端に痩せた男を思い描く。

アルデンヌでの喪のために出してきた黒くて長い洋服が見える。アルデンヌの森の境界の、ショーにおいてである。従姉妹ジャンヌの家の前の中庭で、編まれた柳の洗濯べらと共に、窓につるされた布が激しく揺れる。

セーヴルのプレイエル社のピアノの近くの床に突然落ちた、パピルスの黄色い紙、眠れない夜のまん丸で黄色い月、そこでは若い男が裸で、とめどなく散歩をしている、窓から窓へと、グラン・オーギュスタン河岸のアパルトマンの下を流れる黒いセーヌ川を眺めながら、
霧で覆われた、ボレ〔スイス、イタリアとの国境に近い、フランス・オート＝サヴォワ県のシクスト＝パッシー自然公園内の地名と思われる〕の湖の向こうの丘からやってくる鹿

の鳴き声、
深い穴の緑、下着をふたたび身につけて静かに去ってゆく二人の恋人たち、
ヨンヌ川で、底に亀裂が入って侵水した黒い小舟が、錆止めを施された橙色の鎖につながれて、沈んでゆく、
苦しみの叫びもなく、
死んだような顔の暗い思い出、
泣いているドイツ人の女の濡れた顔。

84　ヤクスト川

川には音があった。突如聞こえる樵の音、懸巣《かけす》の鳴き声、運搬人の荷車の音。わたしのすぐそばにいるかのように。

＊

太陽から射す光線は説明しがたい。われわれ自身の目には、水よりもさらに説明しがたい。太陽の光線はわれわれ自身の身体よりもずっと最近のものである。その強烈さは並外れている。興味深いことに、太陽の光線はわれわれが生まれたあとに弱まる。しかし、われわれにはそれが見えない。われわれの目はくらむ。

その粘り気は、水の粘り気よりもずっと触知できないものだが、いっそう奇妙である。

＊

シャムの川の幾筋もの流れに沿って、ごく小さな舟に乗り黄色い僧衣を身につけた仏教僧たちが滑ってゆく。短く刈られた彼らの頭が、太陽から射す光の下で、柔らかく光っている。

85　読む

一九四五年の冬の終わりに、モハメド・アル・エル＝サマムは自分の馬に鞍を置き、〝サバク〟と呼ばれる、耕しやすい土地を求めて出発した。

ジャバル・アッターリフ〔ナイル峡谷の山岳地帯〕の、ナグ・ハマディの近くに着くと、馬から下り、巨大な岩の周りをつるはしで掘り始めた。

なにか空っぽな音がした。

赤土でできた背の高い壺が出てきた。

彼はつるはしを振り上げて壺に打ちつけ、革で装丁されたパピルスの一三巻を発見した。彼はふたたび馬に乗り、それを売りに、アル・カズルへと向かった。

86　読む行為のなかで、目は見ていない

Quod oculus non vidit, nec auris audivit, nec in cor hominis ascendit...
魂のなかで終わりなく彷徨うもの、
言葉が際限なく訴えかけること、
目に見えなかったもの、
耳に聞こえなかったこと、
人間の心から込み上げてこなかったものがなだれこむ。

＊

目に見えなかったものが心を満たした。心そのものに先行し、それをつくった男と女を出発点として。

耳に聞こえなかったものが、獲得され、無尽蔵の言語のなかで、答えることなく問いを発する。

人間の心から込み上げてこなかったものが、深淵のようになだれこむ。

87　古い物を探す

トロブリアンド諸島〔ニューギニア島の東部沖にある環礁からなる諸島〕において、白蟻がたかり、衰え、腐った老婆として現実は捉えられる。往古《ジャディス》のみが若いのである。それは、恵みというものの原初である。大地と海の誕生である。先祖の魂は神話的で、神話は痕跡によって証明される。つまり、いにしえの物語が変容させる風景である。これらの痕跡——山々、泉、洞窟、砂浜——は、そこに戻ってくる人間の経験を永遠に捉えてきた。魔法が起こる風景、魂がその風景を見ると身体から離れるような風景、そのとき、身体は静けさのなかで、あるいは不動のなか、恍惚のなかで落ちてゆく。それに向かってみなが旅をし、戻ってきて、ふたたび認識するような痕跡。称賛によって増大される痕跡。

*

われわれは宇宙の要素である。われわれの身体はすべてその痕跡である。そして、われわれは生きているあいだ、その痕跡を増殖させている。われわれの身体の裸性は、発育しながら、なにかしらの往古《ジャディス》を記憶している。

＊

シャトーブリアン〔フランスの作家（一七六八―一八四八）〕の『墓の彼方の回想』における鶫《つぐみ》は、樺の木の枝にとまっており、そのもの自体が往古《ジャディス》である。

小さな長老鳥、原初のもの。

それは、ラスコーの井戸の場面のなかの止まり木の上、死んだバイソンの傍らの鳥である。

＊

ブルイユ神父〔フランスの神父、先史学者（一八七七―一九六一）〕は、地下で七〇〇日を過ごしたと数えていた。それは――まさに中世の写字僧が古代ローマ文明の痕跡の上に古代の聖書の教えを書き写すように――もっともいにしえの人間たちが創造したイメージを書きとめるためだった。彼は羊歯の袋の上に座っていた。米でできた紙の束を広げ、透写紙として使っていた。傍らの若い付き人がかざすアセチレンランプのもとで呼吸をしながら、彼の鼻の穴は黒くなっていた。

＊

時間とは、呑みこむ炎である。

Ignis consumens.

神はアセチレンランプである。

フロイト博士の考古学への情熱は、ブルイユ神父のそれを超えたかもしれない。

彼らは、本よりも古い啓示を信じていた。

〈永遠〉はイメージによって語り、神父たちや博士たちがそのイメージの記録保管人《アルシヴィスト》となる。

彼らは、深淵の啓示の痕跡を書きとめていたのである。

*

わたしは古いものを探した。

*

われわれはますます、過去のなかにあり過去に起因する痕跡を深めていき、そこから奇妙な方向性を引き出す。われわれは謎を加える。われわれは、存在したものすべてのなかの〈かつてあったもの〉に、予見不可能性を加える。

*

キケロ〔共和政ローマの政治家、哲学者（紀元前一〇六―紀元前四三）〕は、トゥスクラムで分娩中だった娘トゥッリアを失った。彼女は三一歳だった。彼いわく、トゥスクラムでは雪が降っていたので、寒かったのだろう。それは紀元前四五年の二月だった。執政官が娘に抱いていた熱烈な愛情についてはみなが知っていた。

カエサル、ブルータス、ルセイウス、ドラベラが彼に手紙を書いた。

スルピキウス〔共和政ローマの政治家、軍人（紀元前一〇六頃―紀元前四三）〕は、その頃ギリシアを統治していたのだが、彼もまたキケロにお悔やみの手紙を届けさせた。そこには、それまでけっしてなされていなかった議論が含まれている。

少なくとも、エトルリア・ローマ世界にとってはまったく新しい。

われわれの文明におけるこの、最初のメランコリックな痕跡は、紀元前四五年にさかのぼる。

（セルウィウス・スルピキウスの手紙は、より正確にはＡＵＣ〔ローマ建国紀元〕七〇八年の五の月の日付が記されている。）

スルピキウスからキケロへ――最近、わたしを慰めた考えを付け加えねばなるまい。おそらく、それはあなたの深い悲しみも和らげるに至るだろう。最近イタリアに戻ってきたとき、エジーヌからメガーレに帆走したのだが、わたしは甲板の上に佇んでいた。辺りの海を眺めた。メガーレはわたしの目の前だった。エジーヌはわたしの後ろだった。ピレウス〔ギリシアの首都アテネ南西の古代からの港湾都市〕は右手に。左手にはコリントス。わたしは独り言ちた――ああ、この壁が、繁栄した社会をかつて守っていたのだ。ああ、今やもはや、地面に崩れて散らばった廃墟でしかなく、廃墟そのものに埋まってしまっている。ああ、われわれのようなかりそめでひ弱な存在が、どうして厚かましくも身内のひとりの死を嘆くことができようか。自然がかくも短き生を与えたわれわれ、そのようなわれわれが一日、船の先に、こんなにもたくさんの大都市に横たわっている死体を見るようなときに。

＊

都市は人類にとって、都市社会がつくり上げた時間を預かる場所である。

時間はそこで堆積し、破壊の面影を刻むのだが、そこにおいて破壊はなし遂げられない。

並外れていて、きわめて人間的な、堅固な遺跡がそびえ立つ。

地上の都市の亡霊。

ローマは、わたしにとって、この世界で見たあらゆる都市のなかでもっとも「都市」らしい。

ローマに滞在する度に、そこで生活し、歩くことがわたしの心を激しく動かした。異なる時代のあらゆる要素が強度を備えて共存していること、それらは隣同士の位置を取っていることさえあり、奇妙で、ちぐはぐでありながら、対立してはおらず、不均質で、心和ませる統一性をかたちづくっている。

奇妙なるローマの平和《パクス＝ロマーナ》。

さまざまな色のサイコロが、旧石器時代、杭上家屋の時代、エトルリアの時代、共和政の時代、帝国時代、バロック時代、ファシストの時代のかけらであるようなモザイク。ローマの上空を飛ぶ一匹の蝿は次のような仮説を唱えることができる。その目には時代が居心地のいい場所であるように思われる種が、地上に存在した。

ポンペイ〔イタリア南部、ナポリ近郊にあった古代都市〕は、消え失せたあらゆる都市のなかでも、もっとも死の性格の強い都市である。人間の死と恐怖が、ひとつの都市の生命を瞬時に凝固させた。

死活にかかわる突然の激しい恐怖の行動のなかに、火山が灰にした人間の身体の総量を空にする時間。

88　リニア

青銅器時代にさかのぼる、小さな市場町の泥土からできた型がある。

ノーラ〔ナポリの中心から東に二三キロ、ポンペイから北に二〇キロに位置するイタリアの主要都市〕の産業的な郊外の醜悪さの下で、化石になった驚異。

リニア〔リニア類は、シルル紀からデヴォン紀にかけて繁茂し、絶滅した原始的な陸生植物の多様なグループで、化石植物として残っている。維管束があり胞子により繁殖した〕は、五〇センチほどの高さで、その名は発見された場所に由来している。それはスコットランドのリニアの伯爵領であり、そこでリニアは火山の噴火の際に地に埋まったのだった。

花のポンペイがある。

89　ローマ

教皇マルティヌス五世〔一三六九―一四三一〕の病気のために二人の男が暇を出された。彼らは廃墟へと進んでいった。神殿で草を食んでいた灰色の子山羊たちは逃げていった。

それに気づくことなく、自宅に帰ることも家族に再会することも気にかけず、彼らは跳ねる野兎を巣から狩り立てる。楽しんでいるのだ。

猛禽類たちを飛び立たせ、空へと逃がす。彼らは頭を上げる。まっすぐに立ち続ける大理石の柱の上に巣をつくる鵟《のすり》〔中型の猛禽。主に鼠・蛙を捕食。世界的に分布する〕を見る。

彼らは立ち止まる。

まず、これら二人の男たちは時間について瞑想する。

次に、彼らは太陽について瞑想する。

＊

そのひとりはアントニオ・ロスキ〔ルネサンス期のイタリアの人文主義者（一三六八―一四四一）。当時の偉大な人文主義者のほとんどと書簡を通しての交流があった〕といい、もう片方はポッジョ・ブラッチョリーニ〔ルネサンス期のイタリアの人文主義者（一三八〇―一四五九）。ヨーロッパ各地の修道院で多くの古代写本を再発見し筆写した。なかでもドイツ（神聖ローマ帝国）でルクレティウス『物の本性について』の古写本を見出し紹介したことで知られる〕という。

『運命の盛衰について』*De varietate Fortunae* は一四三一年の一月の終わりに書かれた。教皇は、二月二〇日にトゥスクルムで死ぬだろう。

二人の文人は、ともに教皇庁で雇われていたのだが、予期せずして仕事から解放され、ローマの街を横切る流れの急な美しい小川に沿って進んだあと、島の高いところにたどり着き、丘をよじ登る。

太陽が空に昇る。

彼らは茂みをかき分ける。石の上のエピグラフを解読するために、苔に覆われ土にさいなまれた、刻まれた文字を刀できれいにする。

彼らは農家の小屋のなかで、卵を食べ、新鮮な牛乳を飲む。

彼らはさまよう。ファブリキウス橋の向こうに、レンチュルス凱旋門と、練兵場と、チェリモンターノの水道橋が見える。

彼らは人文主義を築く。そして、ひとつの名前をこの幻想《ファンタスム》に与える。ポッジョは書いている――最初の美しさが生まれる、ローマの街。（*Urbe Roma in pristinam forman renascente.*）

ルネサンス。（*Renascente.*）

新たに生まれる、その最初の美しさのなかのローマの街。

*

ポッジョがルネサンス（*renascentia*）の幻想に永続的な忘却（*oblivio perpetua*）の仮説を加えたのは、彼の論文のまさにこの瞬間である——茂みと石のなかに消えてゆく太陽のほうに、こうしてふたたび下ってゆくとき。

彼はロスキに言った。

「われわれは、もはやもう見なくなった場所の遺跡について言及している」

記憶の乏しさは、時間における〈往古《ジャディス》〉そのものだ。

彼いわく、すべては永遠なる忘却のほうへと滑り込んでゆく（*in oblivionem perpetuam*）。

この種の深淵は、ルネサンスのなかに潜んでいる〈往古《ジャディス》〉に応じて存在している。

*

ポッジョからロスキに。

「わたしは、現在生きている日々を忘れて、亡霊と殺戮の思い出のほうを好むような人間ではありません。われわれが行き来している場所の、さまざまな時代の廃墟にすべての注意を傾けてはいますが、だからといって現代の人間が、もはや存在しない人々より劣っているとはわたしは思いません。現代人は、死の風、移ろうこの風に耐えています。この風とは、年月の奥底からやってくるもので、同じ美徳と精神力と共にやってくるだけでなく——同等の、あるいは比較しうる美徳と力以上に——絶え間なく数、量ともに増す時間によって増大する苦しみと共にやってくるのです」

90　ウェルギリウス

彼らは広がる影のなか、荊棘《いばら》のなか、隠れつつある太陽の金色の広がりのなかを進む。

ロスキはウェルギリウス〔古代ローマの詩人（紀元前七〇―紀元前一九）。ローマ文学の黄金時代を代表する〕を引用している――今日《こんにち》の黄金は、かつて野生の茂みに覆われていた。

ポッジョが言う――なぜ世界は崩壊するのか？　なぜ場所は、その場所を満たす時間によって蝕まれるのか？

ポッジョは、それぞれの〈ルネサンス〉に秘められたますます深遠なる苦しみそのものである。

＊

影が彼らの脚を覆う。影は、ビロードに隠された彼らの性器に近づく。美しさが際立つ。

太陽が沈む。

ポッジョは腕で、ロスキに彼らの前のアヴェンティーノの丘を示す。丘は、最後の黄金の光に包まれている。
薔薇色のカンポ・ボアリオ。

91
赤

物質の底は赤い。われわれのなかのすべての要素が、それを覚えている。〈庭〉へのいかなるアプローチも、いっそう赤く染めさせる。われわれの性器がそれを覚えている。われわれの心がそれを覚えている。

羞恥心が突然、ひとつの色においてわれわれを見捨てる——その色には一五〇億年の歴史がある。

黄土色はわれわれを火山の色で塗る。

空気と酸素が混ざり合う、ヘテロファージの色。

時間は場所よりも古い。さらに、場所を照らす星々よりも古い。

大地は非常に最近のものである。よそからやってきて、生命を生み出した光に照らされた、小さな新生児。

＊

七つの小さな丘よ、
そなたはかつて野生の茂みに覆われていた、
たいそう古く、黄金のなかに現れる丘よ、
塵になって崩れ去る、小さなすべての山々は、季節のめぐりが生まれるよりも前にさかのぼり、
動物たちみなよりももっと古い、大きな動物たちが横になっており、
われわれよりも古い問題（*problèma*〔オック語〕）、
われわれよりも古い深淵（*abyssus*〔ラテン語〕）、われわれよりも古い動物性、形体よりも古い獣、答えの欠如よりも古い、問うという行為、生命よりも古い力、
いつも警戒している、現れるという行為、
いかなる場合にも、人間の時間に関係する〈廃墟〉を「解体する」必要はない。考える行為は恍惚とさせる。考える行為そのものが、沈思黙考する。

＊

自らが置かれている場所の奥深く、大地の上、自然のなか、この、非人間的で野生の基層の表面にある〈突如として現れる廃墟〉について、絶えず、ますます瞑想することが肝要である。その廃墟は、だんだんと動転し、だんだんと動転させ、だんだんと姿を消してゆく。

＊

過去をその反復から少し解放してあげること、それは奇妙な務めである。

われわれ自身を、——過去の存在からではなく——、過去とのつながりから自由にすること、それは奇妙であわれな務めである。

過ぎ去ったこと、起こったこと、起こっていることのつながりを少しときほぐすこと、それは単純な作業である。

つながりを、少しゆるめること。

訳者あとがき

本書は Pascal Quignard, *Abîmes, Dernier royaume III*, Éditions Grasset, 2002 の全訳である。「〈最後の王国〉シリーズ」第三巻にあたるものであり、出版の同年には本シリーズの第一巻『さまよえる影たち』と第二巻『いにしえの光』も出版され、第一巻はフランスの権威ある文学賞、ゴンクール賞を受賞した。

本作『深淵』も、同時に出版された他の二作同様、時間を主要なテーマとしている。さらにいうならば、「時間とは深淵である」という命題を証明するために、時間というテーマをさまざまに展開させた変奏曲といえる。以下、登場する主なモチーフについて、少し振り返ってみたい。

*

なぜ「深淵」なのか?

第一巻、第二巻ですでに扱われてきた時間というテーマが、なぜ、第三巻で「深淵」なる形象をとるに至ったのだろうか。「深淵」とはフランス語で *Abîme* であるが、語源は「底なし」を意味する古代ギリシア語であるという。文字通り、空間的に穿たれた深い淵、そこから派生して圧倒的な量という概念、理性ではわかり得ない事柄、宗教的な意味としては地獄をも意味する。「〈最後の王国〉シリーズ」では、時間についてすでにさまざまに考察されており、とりわけ「過去」と「往古」の区別については本シリーズ第二巻『いにしえの光』の解説に詳しい。本書、第三巻では、この、過去と往古に引き裂かれるものとしての時間、という側面に光があてられている。

＊

両極に引き裂かれるもの、分離されるもの

そして、極性を持ち引き裂かれるもの、分離されるものとして、時間のほかにはおもに言語と性が挙げられている。言語について、第七章では次のように書かれる。「言語における関係は、参照するものと参照されるものを永遠に引き裂きながら、人類と大地のあいだに軸を打ち立てるが、その両者はすぐに対立させられる。ことばから自然へ、年代記から非年代記へ、非連続から連続へ、主体から物そのものへ、世界の地平線から目に見えない原初の源へと向かう軸」。性については、同じ章で、「性的な関係は、対立させもしないし、極化することもない。性的な関係は区別するのだ。ラテン語の単語、*sexus* は分離を意味する」とされる。そのような言語を持ち、性から逃れられない存在たる人間とともに生じるのが、「時間的な二つの極」なのである（本書二八―二九ページ）。

キニャールは次のようにも述べている。「わたしの考えでは、時間に三つの次元は存在しない。待ち時間（battement）、つまりこの往復運動しかない。方向性のない、この分裂しかない。〔……〕人間にとって原初の時間の本質として残るものは、二つの時間を備えた待ち時間である。失われた時間と差し迫

った時間」（本書三〇ページ）。ここでいう「時間の三つの次元」とは、過去、現在、未来という分類であるのは明白だが、キニャールにとって時間とはむしろ、打ち寄せては引いてゆく潮の満干のようなものとして捉えられており（第三八章）、かつ、時間は捕食として考案されたという（第七章）。時間が捕食者で、生ける存在はその獲物というわけである。また、次のような鮮烈なイメージも登場する。「過去とは、現在がその右目であるような巨大な身体である。でも左目は？　左目には何が見えるのだろうか？」（第五六章）

＊

沸き上がり、循環する時間のイメージ

分裂する時間のイメージをとおして、キニャールはいかなる時間を措定しているのだろうか。一般的な時間のイメージというと、左から右に向かう時間軸や、上から下へと砂が落ちてゆき、元にはけっして戻らない砂時計のイメージがあげられるかもしれない。しかし、キニャールが思い描いている時間は、そのような時間ではなさそうである。方向性がない、という言及も先ほど引用したが、むしろ、下から上へと沸き上がってくるようなイメージとして捉えられているのではないかと考えられる。

いくつかその例を挙げることができる。まず、キニャールは本書第一二章で、懐古《ノスタルジア》の語源について語っている。この語は、故郷を懐かしみながら苦しむ、スイス出身の傭兵たちの症状を目の当たりにしたある医師が、ギリシア語の「懐古」と「苦しみ」という語を組み合わせてつくったものなのだそうだ。キニャールは、この命名について「バロックの病をも名付けることになった」と述べ、また、「ノスタルジーとは、天の至点を夢想させる、人間的時間の構造である」とも記している。キニャールの定義に

従えば、子ども時代や故郷は単なる過去ではなく、みずからのなかの往古であるといえる。それが引き剥がされることで苦しみ、引き裂かれたみずからの一部のような往古を希求することは「天の支点を夢想」することにつながる。『いにしえの光』では、小川美登里氏がそのあとがきで述べているように、天国のイメージが「往古」の比喩として挙げられている。その意味において、上昇してゆく、垂直的な時間のイメージが現れる。

二つめの例として、シューベルトの歌曲を挙げることができる。ふたたび小川氏の『いにしえの光』のあとがきによれば、キニャールはシューベルトを次のように評している。「フランツ・シューベルトが書いた六〇〇もの歌曲《リート》のひとつひとつの背後に聞こえるのは、失われた楽園で鳴り響いていた歌の残滓である」。本書、『深淵』の「動物」と題された第五四章においても、キニャールはシューベルトの歌曲、「冬の歌」を引用し、これはまさに春の歌であると続け、次のように述べる。「時間が突然溶ける。自然は、もはや流れる喜びにほかならない。泉と山々では、氷が溶けてゆく。過去が溶けるということが、天候＝時間（le temps）なのだ。往古のきらめきが、春なのである」。キニャールはここにおいて、めぐりゆく季節に、直線的ではなく、循環する時間を見ている。

さらにもうひとつ、新しい時間の見方につながるような例としては、化石についてのくだりが挙げられよう。キニャールは、常に古今東西の書物を渉猟し、そのなかから自在にことばを紡いでみせるが、キニャールの知的好奇心は、本書『深淵』において自然科学をも範疇としている。「ルイ・コルデス」と題された本書第七六章で、キニャールは、友人であった画家、ルイ・コルデスの黒い瞳から化石の魚の目を連想し、次のように述べる。「ひれ、椎骨の連なり、頭の小骨、黒い目、それらは少しずつ鉱石になっていった。／これらの魚は、生命に溢れた海洋のなかで生きていた。人間よりはるか昔のことだ。恐竜よりも前であり、花よりも前である。／増水によって、それらの生き物は窒息した。／それから、その生き物たちは、乾燥によって泥土のなかに固定された。／固定された生き物たちは、より謎めいた別の浮遊を経験した。持続を横断したのだ。／その生き物たちの屍衣はわれわれの骨を通り抜ける。／化石の魚は、アンコール遺跡やカルタゴ遺跡よりも時間を圧縮した。触れられるのは時間である」。このように、キニャールは人間存在よりもさらにさかのぼる時間を生きた古生物に思いを馳せ、その時代からの悠久たる時を化石に見てとっている。フランス語で《l'abîme des temps》という表現があるが、これは、「時の深淵、悠久の時間」、という意味である。キニャールによる時間の考察は、『深淵』において、人間存在にとどまらず、はるか昔の時代にまでさかのぼる。この時間のスケールの大きさが、本書の魅力のひとつであるように思われる。

＊

ヒトを超えて、宇宙の起源へ

『深淵』には、日本神話のイザナギ（第五五章）や、ギリシア神話のオルフェウス（第五九章から第六一章）など、後ろを振り返る、つまり回顧的な神話上の人物が登場するが、彼らの身振りに倣うかのように、キニャールのエクリチュールは時間をさかのぼってゆく。ヒトの進化をたどるキニャールのまなざしは、人類学者のそれの広大なタイムスパンを獲得する。第六一章で、狩猟が始まった一六〇万年前までさかのぼったのち、ヒトの祖先がいかにして動物とは違うものになっていったのかが辿られてゆき、二〇〇一年の馬に乗るアフガニスタンの男にクローズアップされるまでの過程は圧巻である。飛行機と、馬に乗ったアフガニスタン人の対比には、この章で見てきた時間軸が、一気に平面に提示しなおされるようなインパクトがある。

また、ヒトの起源のみならず、キニャールは生命や自然の起源にも迫る。「時の夜について」と題された第七一章は、「自然は時間ほどには古くない。自然とは、生命から世界をつくりあげる時間である」という一節から始まる。そして、「近代科学という神話は、紀元前六五〇〇万年に、隆起した大地の大部分に火事が広がり、恐竜の無惨な終焉をもたらしたと語っている」と続くが、そのような状況で生命存続のチャンスを得たのが、われわれヒトを含む哺乳類の祖先である、尖鼠《とがりねずみ》なのだそうだ。第五七章「祖先への恐怖」で、鼠を前に悲鳴をあげることは、自分の祖先に対して悲鳴をあげているのだという記述も興味深い。

さらに時間をさかのぼり、本書に登場するもっとも古い地点は、「一五〇億年前」、すなわち宇宙の起源に関係するものである（第二八章）。銀河中心核のなかには一五〇億年前にもさかのぼるものがあり、「原初の輝き」と呼ばれている。「カリウム四〇、トリウム二三二、ウラニウム二三八は、原初の時以来、見えない光を発し」ており、「大気において、炭素一四とトリチウムは知覚できないほどに拡散し続け」、「その謎めいた痕跡を物質のなかに残し続けている」。そして、その記述に続く部分で、その光、つまり宇宙の誕生を記憶する痕跡は、ヴァトーやファン・エイクが自らの絵画に宿した光と重ねられる。一方で、第六六章においては、「時間が意味を持つためには、時間の根源《オリジーヌ》をつくり出さねばなるまい」とされ、同時に「あらゆる真の芸術作品において、このきらめきが炸裂している」と語られる。ヴァトーやファン・エイクの絵画に見出される秘めやかな光は、宇宙の原初につながる光なのである。

*

「いま」を見つめ、「読む人」キニャール

ここまであとがきを読んでくださった方には、『深淵』という作品が、時間をひたすらさかのぼる回顧的なエクリチュールの極みのように思われるかもしれないが、けっしてそうではないということを最後に付言しておきたい。本書には、一瞬おや？　と思うような、ある意味キニャールらしからぬ言葉が登場する。三つの箇所を引用したい。まず、第三四章において、キニャールは次のように述べる。「興味深いことに、わたしがある世界を懐かしむということはまったくなかった。古代であった時代に住みたいという欲望を抱いたこともまったくない。目録、利用できる本、打ち砕かれた理想、恐怖の堆積、博学による厳正さ、研究、化学、明晰さ、明瞭さの現在の可能性から、わたしは離れることはできない」。キニャールの立ち位置は、悠久の時、深淵的時間を経て積み重ねられてきた書物や学識すべてを包含する、「いま」この時なのである。

また、キニャールは「文法学者クィンティリアヌス」と題された第八一章で、次のようにも書いている。「近代人は古代人よりも多くの手本を持っている。それは兼好法師のパラドックスである。もっとも今に近い者ほど、もっとも強い頑丈さともっとも大きなチャンスを享受する。むしゃぶることのできる骨をもっとももたくさん持っているのは彼らなのである」。この箇所は、一七世紀末から一八世紀初頭のフランスにおいて繰り広げられた、新旧論争と呼ばれる文学上の大論争におけるユーモラスなイメージを彷彿とさせる。それは、古代人は偉大な巨人であり、近代人は、その肩に乗った小びとであるという比喩である。近代人は小さな存在ではあるが、古代人の肩の上から、はるか遠くまで見通せるということだ。ちなみに、『深淵』の冒頭の章に登場する一七世紀の作家、ラ・フォンテーヌはこの新旧論争において古代派の論陣を張っていたのだが、その事実は本書においてはそれほど重要ではないのかもしれない。『寓話』の作者が見つめていたのは、古代と近代の対立ではなく、「もつれあう日々」だったの

だから。

歴史を見つめるこのようなキニャールのまなざしは、『深淵』の最後から三番目の章、「ローマ」と題された第八九章とも呼応している。けっして理解するのがやさしいとは言えない、骨太な文章がこれでもかと続く本書の最後に、あたかもご褒美のように現れるこの美しい章において、ルネサンス期イタリアの人文主義者、ポッジョ・ブラッチョリーニの姿がキニャールに重なる。キニャールは、ポッジョの書簡から次の言葉を引用している。「わたしは、現在生きている日々を忘れて、亡霊と殺戮の思い出のほうを好むような人間ではありません。われわれが行き来している場所の、さまざまな時代の廃墟にすべての注意を傾けてはいますが、だからといって現代の人間が、もはや存在しない人々より劣っているとはわたしは思いません。現代人は、死の風、移ろうこの風に耐えています。この風とは、年月の奥底からやって来るもので、同じ美徳と精神力と共にやってくるだけでなく――同等の、あるいは比較しうる美徳と力以上に――絶え間なく数、量共に増す時間によって増大する苦しみと共にやってくるのです」。

深淵たる時間の深みから吹いてくる風を感じられる者には、歴史はどのようにとらえられるのだろうか。「時間の深みについて」と題された第七七章に、次のようなユーモラスな一節がある。「時間という森に直面して、人類史は、三人か四人の偏屈な神が監視する小さな松の盆栽の様相を帯びた。／過去とは、伝説が叫びでしかなくなってしまうような深みである。／もし、伝説が人類の経験に伝えられるとしたら、キリスト教の時代は時間の片目から落ちたまつ毛である」。宇宙の起源までさかのぼり、太古の生命の痕跡、人類の祖先からヒトの進化までを俯瞰したとき、「いま」このときというのはほんのわずかな存在でしかないのかもしれない。しかし同時に、ルネサンスの時代にヨーロッパの修道院をめぐっては古文書の筆写に勤しんだポッジョ、パリの二区、リシュリュー通りの旧国立図書館でラ・フォンテーヌの草稿を紐解くキニャールの姿（第一章）の重なりに、時代を超えて響き合う「読む人」の姿、人間がまだ獣と区別されていなかった時代から存在した「読む」という行為（第四九章）が、普遍的なものとして立ち現れてくる。獲物の気配を読んだいにしえの時代から、修道院や古文書館で資料を渉猟する時代を経て、現代ではインターネットやデータベースといった媒体をとおして圧倒的な量の情報を扱わねばならないが、そのようないまこそ、「読む」という根源的な行為の意味がよりいっそう問われているように思われる。

*

あとがきの執筆にあたっては、以下の論考（Laurence Werner David, « La Mémoire la plus lointaine » (*Critique : Pascal Quignard*, Éditions de Minuit, 2007/6, nº 721-722, p. 508-519)）を参照した。

恐ろしいことだが、訳者が初めて取り組んだ翻訳がこの難解な『深淵』であった。何とか最後までたどり着けたのは、とりわけ次の方々のおかげである。さまざまな質問に答えてくださった、白百合女子大学フランス語フランス文学科の同僚でキニャールの愛読者である佐藤＝ロバン・クリスチーヌ先生、同じく同僚で一七世紀フランス悲劇を専門とする畠山香奈先生、一九世紀イギリス文学の専門家である、同大学英語英文学科の土井良子先生、キリスト教精神史および宗教文学をご専門とされる同大学カトリック教育センターの釘宮明美先生にこの場を借りて深く感謝を申し上げたい。一六世紀フランス文学・思想を専門とする志々見剛先生にも貴重なご助言を賜った。音楽用語に関しては、フルートの師である野崎和宏先生にご教示を仰いだ。そして、本書の翻訳のきっかけをくださった博多かおる先生にはあとがきの原稿にお目通しいただき、貴重なご指摘をいただいた。心から感謝の言葉をお伝えしたい。

また、本翻訳の装丁に使われている写真は、友人ジュゼッペ・ドタヴィ氏のお父様によって撮影されたものである。個人的なことで恐縮だが、訳者は二〇一四年一二月にこの友人の招きでローマに滞在し、キニャール氏が『深淵』八七章で述べているような「異なる時代のあらゆる要素が強度を備えて共存している」街のありさまを目の当たりにして強い印象を受けた。この時の思い出が、さまざまな土地、さまざまな時代の挿話にあふれた密度の濃いこのテクストの翻訳を、最後まで導いてくれたように思われる。ローマを訪れる機会を与えてくれたジュゼッペ・ドタヴィ氏（Giuseppe d'Ottavi）、美しい写真を提供して下さったアントニオ・ドタヴィ氏（Antonio d'Ottavi）に厚く御礼申し上げたい。

作者のパスカル・キニャール氏に複数回に渡って訳者の質問にお答えいただいたことも、大変な励みとなった。

最後に、キニャール・コレクションの監修をつとめられている小川美登里先生、桑田光平先生、博多かおる先生、そして、作業の遅れにもかかわらず、温かく、ときに厳しく見守り、貴重なご助言をくださった水声社編集部の神社美江さんにあらためて深い感謝を捧げたい。

二〇二一年一二月一二日

村中由美子

訳者について——

村中由美子（むらなかゆみこ）　一九八二年、高知県南国市に生まれる。東京大学大学院人文社会系研究科博士課程満期退学。パリ第四大学（現ソルボンヌ大学）及びルーヴァン・カトリック大学共同博士課程修了。博士（文学）。現在、白百合女子大学准教授。専攻、二〇世紀フランス文学。主な著書に、『引用の文学史——フランス中世から二〇世紀文学におけるリライトの歴史』（共著、水声社、二〇一九年）、『映しと移ろい——文化伝播の器と蝕変の実相』（共著、花鳥社、二〇一九年）などがある。

パスカル・キニャール・コレクション
深淵〈最後の王国3〉

二〇二二年一月一〇日第一版第一刷印刷　二〇二二年一月二〇日第一版第一刷発行

著者――パスカル・キニャール
訳者――村中由美子
装幀者――滝澤和子
発行者――鈴木宏
発行所――株式会社水声社
東京都文京区小石川二―七―五　郵便番号一一二―〇〇〇二
電話〇三―三八一八―六〇四〇　FAX〇三―三八一八―二四三七
【編集部】横浜市港北区新吉田東一―七七―一七　郵便番号二二三―〇〇五八
電話〇四五―七一七―五三五六　FAX〇四五―七一七―五三五七
郵便振替〇〇一八〇―四―六五四一〇〇
URL : http://www.suiseisha.net

印刷・製本――モリモト印刷

ISBN978-4-8010-0232-6